Xiron Poetry Club
磨铁读诗会

五人诗选
第一辑

在人间，来真的

轩辕轼轲　沈浩波　里所　盛兴　西娃
_著

目录

轩辕轼轲

轩辕轼轲的诗 / 3

诗是我在人间度日时的副产品 / 56

轩辕轼轲答方闲海六问 / 62

西娃

67 / 西娃的诗

133 / 风华各自，知者同行

144 / 西娃答方闲海六问

盛兴

盛兴的诗 / 151

写诗成性 / 198

盛兴答方闲海六问 / 204

里所

209 / 里所的诗

269 / 何其荣幸

274 / 里所答方闲海六问

沈浩波

沈浩波的诗 / 281

来真的 / 356

沈浩波答方闲海六问：人生即创作，创作即人生 / 362

轩辕轼轲

我干的最得意的
一件事是
藏起了一个大海

轩辕轼轲的诗

广陵散

我放羊的时候　你正在洗马
我把鬼子们哄进了包围圈　从奴隶
混到了将军　你却趟过一条河流
在马背上和一个骑手亡命天涯
我凋零的时候　你正在开花
我在山崖旁挨了一记闷棍　从高处
坠入了深谷　你却推开一扇寒门
在客厅里与一只景德镇瓷器整装待发
我赶考的时候　你正在下楼
我在小校场挑死了小梁王　从京都
杀到了野外　你却到后花园拜月
和一只虎皮鹦鹉鸟儿问答
我登基的时候　你正在讨饭
我在金銮殿尿湿了裤子　从龙床
一个趔趄坐在地上　你却走进城门
把断镜从怀里掏出来算了一卦
我彷徨的时候　你正在呐喊
我把自己关在小阁楼里　两耳不再
倾听窗外之事　你却坐在太阳底下绝食
从坟地上找回一副纸扎的铠甲
我缩小的时候　你正在放大
我变成了一粒石子消失在视野的尽头
纵身一跃钻进湖心　你却摇曳着贴近了云层

在初霁的街道上热气腾腾地蒸发

我厌倦的时候　你正在好奇

我杯酒释兵权后解甲归田　闻鸡不再起舞

向老农讨教种瓜之术　你却毛遂自荐

弹着一柄短剑埋怨福利待遇越来越差

我奔跑的时候　你正在弹蹄

我载着唐三藏去西天取经　过火焰山时被

烧得半熟　成为一道名菜　你却被好事者船载入黔

拴在歪脖子树旁和一只老虎各怀鬼胎地对话

我偷情的时候　你正在酣眠

我跳进粉墙　靠几首打油诗投石问路

轻松地剥掉崔莺莺的罗衫　你正梦见柳下惠

将你抱在怀里　然后自行了断结扎

我隐退的时候　你正在出山

我挥挥手不带走一片云彩　兄弟不陪你们玩了

端起了一只酒杯乐不思蜀　你却点头抱拳

煞有介事地拉开架式　和李寻欢结下了冤家

我上班的时候　你正在辞职

我为了两室一厅的房子为了退休后不流落街头

每天被呼来唤去　你却抬手一个巴掌

在领导红肿的眼眶里滚回了老家

我回家的时候　你正在出门

你正在准备好干粮和车票去寻找一个浪子

想和他去笑傲江湖　我却四大皆空近乡情怯

束发后跳下一叶扁舟　把行囊轻轻放下

2000.4.8

告诉他们不要来了

告诉他们
还没有来的
就不要来了

这里的苹果
已经分完了
苹果树的枝干和浓荫
也分完了
树根也被挖掘出来
分完了
种树的土壤和水分
也分完了
阳光和空气也分完了
栖息在枝头的鸟儿也分完了
这片天空分完以后

邀请你们前来的
我
也被拆得七零八散
统统分完了

2000.6.1

是离愁

是离愁

是离婚之前结婚之后的愁

是离别之后被别人娶走的愁

是离离原上草上马失前蹄的愁

是离骚酒楼遇到一个骚货向你招手的愁

是人民币和裤兜错过的愁

是崇拜者和自己失约的愁

是吃不到葡萄就啃眼珠泪珠的愁

是衣带渐宽一下子掉到脚踝的愁

是写完了诗找不到签字笔的愁

是解完了手找不到卫生纸的愁

是跟日本妞说完了沙扬那拉后掏不出日元的愁

是丁香姑娘在雨巷里被强暴油纸伞成了床单的愁

是回延安的路上被沙迷了双眼担心火车脱了轨的愁

是在大堰河里蝶泳仰泳蛙泳狗刨突然腿抽了筋的愁

是躺在山海关大半夜还没听到汽笛声的愁

是砍死了结发妻后找不到长筒袜上吊的愁

是老马发挥余热却被送进厨房的愁

是黑夜给了一顿黑揍却用它寻找绷带的愁

是知识分子在盘峰想说句久违的人话却突然忘了口语的愁

是一边自慰一边想着丰乳肥臀的诺贝尔奖金突然走了神射不出来的愁

是在文学史上预定好了座位钻进去后忘了座号的愁

是在停尸间穿好了寿衣刚要闭眼又闹肚子的愁

| 轩辕轼轲 |

是活得不耐烦了又死不了的愁

是死之前吃饱了撑的尽情表演出来的愁

2000.7.6

太精彩了

太精彩了
实在是太精彩了
我坐在地球这个冷板凳上
看这场超宽银幕的世界
忍不住率先鼓起掌来
却没有人响应

整个宇宙间
也就只有我这两只巴掌
像上帝的眼皮
眨巴了几下

2000.7.7

我和人群的暧昧关系

在人群里陷落
再从人群里拔出来

没想到
这成了我每日的功课

每天去上班
我都插进了人群里
和同志们打成一片

直到夜里
诗歌再拽着我向外拔
带出了人类的血沫

我陷进人群时
他们都瞅着我喊舒服
叫我是好青年

我拔出来后
他们就讨厌我
说我是个二混子
整天不务正业

我只好一横心插进去
再一咬牙拔出来

插进去拔出来
插进去拔出来

人群已经被我用旧了
人类已经被我用旧了

松松垮垮的人间
仍松松垮垮地召唤着我

我一天不插他们
他们就难受死了

2001.1.29

夜半忽起

一定有一些亲人

在岁月中死去

一定有一些友人

在人生中消失

我的左右羽翼

在不停地掉毛

如飘落的雪

在冬夜的院落

我抱紧的鹰的躯体

露出了鸡皮疙瘩

2010.2.10

收藏家

我干的最得意的
一件事是
藏起了一个大海
直到海洋局的人
在门外疯狂地敲门
我还吹着口哨
吹着海风
在壁橱旁
用剪刀剪掉
多余的浪花

2010.2.28

体操课

我的第一堂课就是最后一课
因为我不明白人为什么要做体操
为了说服我，体操教练一甩手
扔出个盘子，盘子碎了
扔出把椅子，椅子摔掉了腿
扔出个同学，他在空中一个后空翻
稳稳地落到垫子上
你看，只有人才是最适合做体操的
我仍然不懂，托着腮坐在角落里
看他们压腿、展臂、翻来滚去
教练向我走来，露出诡异的笑
一拍我肩膀说：坐着旁观也是一种体操
我一愣，站起来，当着全体人员的面
助跑后翻出一连串的筋斗云，上了西天

2010.5.9

弹不弹肖邦

每次开音乐会
我都犹豫着弹不弹肖邦
如果不弹
显得我没品位
有很多小清新
在网上骂我大骗子
如果弹
就会有人忧伤
哭得一塌糊涂
花手帕花纸伞顿时成了抢手货
就会有人说我破坏祥和气氛
要把我从琴房送进牢房
后来我想了一个办法
只弹半首肖邦
每当忧伤的人儿刚热泪盈眶
我就弹起欢快的郎朗
使他们破涕为笑
使那些刚要拔枪的手
从腰间挪上来
拔出了一根牙签
边剔牙边打牙祭

2012.3.10

餐馆炒菜里大葱日渐少

随着葱价节节攀升
坐在里屋搓麻将的店主
再也坐不住了
他索性自毁长城
然后来到生火的后院
对着一个正朝油锅里
大把献着葱花的厨子大发雷霆
他说你以为炒菜是求爱吗
你以为能把宫保鸡丁娶回家做媳妇吗
你以为土豆丝放多了大葱
就能变成金条吗
你以为我们这个姚记老店
能代表舌尖上的中国吗
多一点少一点不会影响味道
顾客们不会因为没有葱
而提出绝食或者退款
这在本店没有先例
这在国际上也没有先例
如果你继续大肆放葱一意孤行
使菜品的成本节节攀升
就请你放下手中的锅盖
卷起铺盖走人

2012.7.8

夜奔

草料场的火焰熄灭之后
他夜奔的脚步也慢了下来
总得有火光在后
他才会感到曙光在前
他感到自己就像一个卖光的货郎
如今肩上挑着的
一前一后
都装满了夜色

2013.1.23

首都的发型

近百年首都的发型
一直很新潮

起先留光头
把白云擦得锃亮

后来留大背头
把乌云梳在脑后

再后来
把白云乌云都染黄了
直接烫沙尘暴

2013.8.13

姥爷的礼物

姥爷在百货大楼上班

八月十五前夕

他回家就给我捎一袋月饼渣

那是卖完月饼后

他从柜台上的白铁皮匣子里倒出的

这成了我的美食

我把脸埋进塑料袋里吃

完了还舔舔

我对月饼都不感兴趣了

只喜欢吃月饼渣

对仰望月亮都不感兴趣了

只喜欢把脸埋进

碎了的月光里

2015.1.6

花旦

当年她演穆桂英

身手矫健

两腿跳起来

足尖一个十字交叉

就能同时踢开小番扔来的

八条花枪

后来她不演了

认识了某县长

调进了某个机关

这次足尖不论怎么画十字

都没撬开他的家庭

县长退休后

她回到穆柯寨一样

空荡荡的别墅

感到当年踢开的那些花枪

又缓缓扎回心间

2015.1.29

阴间也有愚人节

在这一天
阎王宣布阎王死了
阎王娘娘宣布自己嫁了
判官把生死簿一扔
说可以随便自选投胎了
牛头马面还在黄泉路上
突然对押解的人说你自由了
饿死鬼说简直撑死我了
吝啬鬼说想花钱找我
机灵鬼说我糊涂啊
赤发鬼说我头都白了
吊死鬼说我空降地方了
吸血鬼说我改吸毒了
落水鬼说我在旱地拔葱呢
落单鬼说我在温柔乡串门呢
食气鬼说有雾霾我就不吃气了
食风鬼说我改成食雅颂了
旷野鬼说我住得真窄啊
疾行鬼说把路都让给驴友吧
希恶鬼说人之初性本善
病痨鬼说想生病怎么这么难
罗刹鬼说海市我转包了
大头鬼说我是一只小小鸟

馋鬼说我就是吃素的

烟鬼说我嚼着木糖醇呢

酒鬼说再喝我就是个孙子

赌鬼说去赌城的机票偶退了

色鬼说看到女鬼我就烦

女鬼说其实我是人妖

牢骚鬼说我已云淡风轻

坑人鬼说我保证不再挖坑

老鬼说摇篮啊摇篮

小鬼说岁月啊沧桑

只有多嘴鬼一天没话

你懂的

2015.4.1

减少

撸串时我减少了羊
可草原一点没有觉察
冲澡时我减少了水
可大海一点没有觉察
书写时我减少了树
可森林一点没有觉察
喝茶时我减少了普洱
可云南一点没有觉察
走路时我磨损了路
可我不是掀翻它的最后一辆货车
骑马时我压迫了马
可我不是压倒它的最后一根稻草
我切菜使青菜在减少
可更多菜农涌上了街头
我喝酒使泡沫在减少
可更多酒嗝涌上了喉咙
我用太阳能掠夺过阳光
可太阳的金币一点没有减少
我用刮雨器扫射过暴雨
可乌云的营房依然兵强马壮
地球减少成地球村
可村里的人还老死不相往来
白日减少成白日梦

可梦里的人还闹得鸡犬不宁

人的寿命在减少

可投胎的概率在增加

人的欢乐在减少

可哀乐的音量在调大

当人被火焰一把攥成骨灰

正在钻井涌出的原油

一点没有觉察

2015.8.7

彩电前传

那时没有彩电

就用一张三色塑料片

贴在黑白电视机上

上面红中间黄下面蓝

如果电视上正播出大海

我们就可以看到

晚霞映照碧海黄沙

如果电视上是特写镜头

我们就看到这张脸

不论是好人的还是特务的

都是三色的

2015.9.13

梦见一个大个子

当年我和他

都喜欢他班的一个女生

不过都没成功

毕业前他找过我

说曾想和我打一架

我苦笑着说

就算我们打一架又能怎样呢

然后像两个败军之将

在河边相对无言

梦里的他老了

胡子拉碴

拽着我一起去酒馆

我劝他少喝

不然情绪会失控

他转过身猛晃着我的胳膊大吼

情绪能控制吗

内心的情绪能控制得了吗

我被他晃得

泪如雨下

2016.3.24

成吉思汗的部队没有粮草官

每个人都要
自备干粮
牛肉干
羊肉干
奶酪干
压缩饼干
只有马是湿的
它只有不停奔跑
才能避免
倒下后被制成
马肉干

2016.6.9

大地的屏保

车窗外

农民在大地上耕种

这个屏保

已经存在了

几千年

用咔嚓声

一划

就能露出下面

如同碎屏的

兵荒马乱

2016.9.26

甭急,我们都会成为航天员的

坟头

就是砸进地里

拔不出来的

返回舱

2016.12.28

五四青年节口占

都曾经是

热血青年

只不过有的洒早了

成了地板漆

有的洒晚了

成了脑血栓

2017.5.3

密林中

不让下车
只能透过窗户
看密林中的夜色
月光很亮
清晰地看到动物们
走来走去
"这些动物从不觅食
它们只舔舐
自己的伤口"
"结疤后不会饿吗"
"不会,每隔一段时间
就有饲养员
给它们补一枪"

2017.5.21

空气中该弥漫什么气息

手持电锯的园林工
站在起重机上
不断砍斫
下面躺着一堆
已被肢解的树干
路过砚池街时
我闻到一股
青草的气息
仿佛置身森林
可对于其他
伸长脖子的法桐来说
这是血腥

2017.6.8

杀人不过头点地

是谁用噼噼啪啪
掉下的头颅
敲打着大地这只键盘
在天空的显示屏上
写《史记》

2017.6.29

回答

他们没有孩子
财产都在各自的卡里
她的书少
两个纸箱子
就撤出了他的书架
两个人填协议时
还有说有笑
办理手续的大姐说
"你俩这么般配
不可惜吗?"
一滴泪珠
滚出了她眼眶
他抬手给她擦掉
然后一起回答
"不可惜"

2017.9.2

书坛憾事

岳飞抄出师表时

越抄越激动

题目是行楷

正文是行书

中段变成行草

写到临表涕零时

果然泪如雨下

成了狂草

倘若孔明当年

刹不住笔

多写几段

就能成全岳飞

挣脱怀素

独创出一种

飞体了

2017.9.17

上帝的旗帜

只有被教堂的尖顶
挑起时
鸦群才猎猎飘扬

2017.12.2

你见过大海

闲聊时

韩东突然想到

一个新剧本的道具

便问沈浩波

装30万需要多大的箱子

沈浩波用手

比量了一下体积

韩东笑道

"你见过大钱"

2017.12.3

解体以后

解体之后

很多人失业了

很多存在银行的钱消失了

寒冷的街头

躺着很多借酒浇愁的人

高楼下面

躺着很多粉身碎骨的人

尤莉娅的父亲也失业了

全家从圣彼得堡

搬到了莫斯科郊外的小镇

在那里他们和俄罗斯众多家庭一样

开始白手起家

重新生活

等解体的阵痛过去

等金融危机过去

等石油天然气价格回升

等大学毕业后挣钱补贴家用

在呼啸的地铁上

我问她当时是不是

很多苏联人后悔解体

她说"是的

但现在不了"

2017.12.3

谁是俄罗斯最好的诗人

在诗人安德烈家中
我们边喝伏特加边谈诗歌
沈浩波问谁是俄罗斯最好的诗人
安德烈和基马
异口同声地说"Я"(我)
大家哈哈大笑
沈浩波又问"除了你俩之外呢"
这回基马沉默了
安德烈一指
刚刚给我们做了午餐的妻子说
"娜斯佳"

2017.12.6

谁说达摩面壁无聊

见我写的一组日常生活
一位美国女诗人惊呼
"天哪，过这么无聊的日子"
我只好实言相告
"达摩面壁更无聊"

2018.3.30

刷屏自信

每个朝代
留在历史上的诗人
都寥寥无几
可并不妨碍
成千上万的诗人
在所处的朝代
乐此不疲地写
在竹简上写
在帛上写
在纸上写
在键盘上写
在手机屏上写
如果这时
从未来
跑来一个人
对他说"你写的
一句也留不下"
他会头也不抬就骂
"去你妈的"

2018.5.30

活着

侯牧人的女儿
给得了脑梗的爸爸
做了一个纪录片
片中的老侯
没有了长发和胡须
戴着黑框眼镜
说话一字一顿
在录音棚
他试唱新写的歌
"活着多好啊"
片尾女儿问他
"摇滚是什么"
他回答
"就是活着"

2018.6.30

鸡,诗意地栖居

一位抒情诗人

来到蒙山

看见树上蹲着一群鸡

忍不住赞叹

"鸡,诗意地栖居"

路过的当地人说

"都是让黄鼠狼子给撵的"

2018.11.6

父亲经商

有一年

全国下岗

剧团无事

在工商所

上班的母亲

便让父亲

到齐鲁市场卖鱼

鱼是赊着的

还不收摊子费

可因为父亲

秤给得特别足

一天下来

分文没挣

回到家的父亲

摘下草帽说

"下海太难了"

2018.12.16

连冰箱都是反腐的

在阳台
他打开窗户
哦
"连朝霞都是陈腐的"

在厨房
他打开箱门
哦
"连牛奶都是新鲜的"

2018.12.27

穿鞋的不怕光脚的

戴眼镜的小伙

和我是上铺

我们坐在过道的小凳上

仰望顶棚

积攒爬上去的勇气

中铺的两位

已经躺下

一个亮出脚板

一个亮出鞋底

小伙问道

"怎么还有穿鞋的"

那个穿鞋的

闻声就翻了个身

把鞋在床单上

摩擦了两下

算是回答

2018.12.29

哲学车总在酒醒时开来

昨晚酒会

诗人王小龙

喝嗨了

也喝多了

我和于恺

把他扶回房间

清晨醒来

他在朋友圈

发出了

苏格拉底式的

惊世三问

"我是谁,我在哪

我眼镜呢"

2019.8.25

古诗的力量

我的朋友李红旗

挂在嘴边的一句古诗是

"白云千载空悠悠"

已经十三年没有他的消息了

我的朋友张盛兴

挂在嘴边的一句古诗是

"辛苦遭逢起一经"

现在他每天都要写六首诗

2019.9.7

自由宣言

雷群要提前退休
我说你又没老婆孩子
提前退休干吗
他一下子急眼了
拿过一本公务员法
说哪条哪款规定
提前退休必须得有老婆孩子
提前死都是我的自由
何况提前退休
我说你提前死个我看看
他果然从窗口跳了下去
幸亏是一楼
穿过马路
他买酒去了

2019.10.17

金句的力量

第一次见面
她就给他背诵
张爱玲的那段金句
"于千万人之中
于千万年时间无涯的荒野里……"
很快他们就确立了
恋爱关系待婚关系
婚姻关系和离婚关系
一年一个台阶
"没有早一步
也没有晚一步"

2019.10.19

被前生挡了后路

每当他和她说这辈子的事
她就和他说上辈子的事
他说这辈子我想和你在一起
她说上辈子已经在一起了
他说这辈子我想好好照顾你
她说上辈子你已经照顾得很好了
他说这辈子我还想
她说有上辈子一次就值了

2020.11.7

完美

他把人群
趟成了
一条胡同
越跑越深
一抬头
看到了她
横亘在眼前
心下一惊
"真完美
死胡同"

2020.12.5

卡萨布兰卡

他年轻时

谈恋爱

写信

可人家不信

现在他谈恋爱

写微信

人家

也就微信

2020.12.5

上天

她把他

当成了试飞区

他把她

当成自己的

天鹅之歌

一只雏鹰

和一只老天鹅

扇动翅膀

都做好

上天的准备

不过他们

上的

一个是蓝天

一个是西天

2021.1.20

鸡，诗意地栖居

轩辕轼轲

一位抒情诗人
驱车入寒山
看见树上栖居一群鸡
忍不住赞叹
"鸡，诗意地栖居"
路过的当地人说
"都是让黄鼠狼给撵的"

2018.11.6

诗是我在人间度日时的副产品

轩辕轼轲

选入本书的我的四十六首诗，第一首是《广陵散》，最后一首是《卡萨布兰卡》，两首诗之间，跨度是二十年。彼时是二十世纪之初，论坛林立，诗人们在"诗江湖"呼朋唤友，贴诗鏖战，在《下半身》第二期我写道"好日子就要来了"，雀跃溢于文表，仿佛一切不在话下，手可摘星辰；此时是世事纷纭，从"下半身"一脚跨进下半生，曲终人散各自保平安，仿佛一切不在线下，手可摘星号？是我肤浅了，这世上的日子接踵而至，面目模糊，过就是了。人类绝大部分时间既不是度日如年，也不是度日如秒，只是度日如日。诗就是我在人间度日时的副产品，这些年写了不下万首，可它们的意义也不过是让渡了、引渡了我当时瞬间的想法，当然脑海中还有无数涌出的想法，都在电光石火间自生自灭了。现在，我的想法是想法夸几句同书的这四位同行。

西娃早期写了几部北漂小说，后来在2010年以一首《画面》开启了她从容不迫的诗歌之旅，这首诗是她的代表作，也是她整个诗歌乐章的定音鼓，短短八行，呈现出她作品的特质和诸多元素，俯瞰的视野、悲悯的情怀、母性的包容、慧黠的反讽、出神的幻化，这些元素都在她以后的作品里得到扩展和夯实。西娃也写食色，她写食不是大快朵颐，而是零封[1]人类的饕餮，像《吃塔》里聚焦滚滚红尘里的悠悠众口，《两尾赤鳞鱼》《羊眼》里凭吊葬于胃坟的两只

---

[1] "零封"原意是指体育比赛时某选手打赢了对手使其没有获得分数，这里"零封人类的饕餮"，是指对饕餮进行了逆向思考与有效批驳。

生灵和一只眼睛,《爸妈的亲事》通过瘦鸡肥鸡的加减法闪击了那个时代的唯出身论。她写色也不是活色生香,而是用锋利的刀锋划开外衣,探测人性的谷底,像《英语老师》《抒情诗人》的图穷匕见和《我遮蔽的丑陋》的刀刃向内。作为佛教徒与精油师,她还写过不少相关题材的好诗,尤其是前者有神并且出神的视角,使其今生的皮囊里仿佛还携带着前生与后世,并时时感受到神奇与惊讶,像《前世今生》《"哎呀"》《墙的另一面》《一碗水》,恍兮惚兮,写尽了轮回辗转和生死疲劳。

里所是从《星期三的珍珠船》启航的,但她的这艘船是不断升级的,有时沉稳如潜艇,有时锐利如战舰,有时辽阔如航母,她是那种全能型的诗人,在诗路漫漫中有备而来,旅行包里有足够的储备,她才华毕现而不炫技,学养丰厚而不充塞,每一步都非常扎实,每一次蜕变都非常精彩。从《故事》中听见晕眩的水声到点燃了海洋,她的感性和智性之翼总能在翻飞中达到一种平衡。她是内省的,也是不羁的。内省时是果核里的宇宙,不仅自观,像在《即兴曲》中练习对各种痛感的忍耐,还通过幼儿之眼和他人之眼观察自己;不羁时是小宇宙爆发,呼啸的身体从石器时代直通核弹时代的《两性双关》《卵子》堪称杰作。她善用意象,像《白色蝙蝠》《尼亚加拉瀑布》《白桑椹》,更谙于口语。这些都是她武器库里的常规武器,不管拎出来哪样,只为更准确地击中目标。像《分手》中这几句"她像打夯机/边走边跺脚/一张脸哭成八爪鱼/她的乳房像打出的两个拳头",精准得如百万词中取上将首级。她的近作口语成分加大,越来越舒展自如,在《为你买一头大象》《跨国惨案》《分头行动》《孪生》中我们看到了她机智幽默的一面。童年记忆也是里所写作的富矿,在她喀什和板集定点回溯的镜头里,《鹅》《酒坛》和《儿时过冬》令人印象深刻。

沈浩波注定是诗歌史上一个具有标志性意义的诗人,由他主导的"下半身诗歌运动"在本世纪之初引领了中国诗歌的发展方向,从而廓清了词语泥沼和矫饰陷阱的流弊,使及物及心的诗歌在今天大行其道。他是一个胃口奇好、李杜合体的诗人，总是搜尽奇峰、浇尽块垒，既能写出飞翔在想象之巅的长诗《蝴蝶》，也能写出力透纸背的《文楼村纪事》。他听力超群，不放过耳边经过的任何人间动静，既旁听到在雍和宫拜佛的壮汉落地时的啪啪巨响，也聆听到花莲之夜车轮下蜗牛的嘎嘣一声。他对人性洞察秋毫，从《玛丽的爱情》到《开悟》，既能戳穿其中的不堪，又深悉人类在滚滚红尘中的辗转挣扎。在记忆中检索到《金色手表》时，他是温情的，在现实中面对《马意味着马，公牛意味着公牛》时，他是决绝的。他是在艺术上一意孤行、不断超越的诗人，近作中就有两首在语言和技术上已臻化境的杰作：《桂花树下》和《在山中》。

　　盛兴出道时是公认的天才，一出手就是《安眠药》《死亡之最》《春天的风》等一批惊人之作，但天才也会遇到天才的瓶颈，直到2014年他完成了长诗《只有神灵不愿我忧伤》，突围成功，扔掉包袱和辎重，拨开冥想的迷雾，一头扎进现实的汪洋大海，他才华横溢的语言和他从生活中巧取豪夺出的诗核成功合龙，那只皮肉服帖、筋脉舒展的天才之豹又朝我们奔来。盛兴的独特之处在于他有一双复眼，总能透过事物表象看到潜伏在内部的机趣与怪诞，在《梦回故乡》《一个冬天的晚上》《抹了脖子的鸡》等诗中，他把在芸芸众生、家长里短中挖掘趣味和荒诞的本领练到了极致，虚实结合，写出的现实中有幻想的包浆，写出的幻想中有现实的碎片，他打穿了现实世界和幻想世界的通道，说是拎着了一把元宇宙的密匙也不为过。现在他一天六首已经坚持了三年，不能多到七首，也不能少到五首，这强迫症也是天才级别的。

2022.07.26

左：盛兴　右：轩辕轼轲
2000年摄于北京

左：轩辕轼轲　右：沈浩波
2017年摄于俄罗斯莫斯科

2023年摄于北京，摄影：陈诗媛（Boey Chen）

2023年摄于北京,摄影:陈诗媛(Boey Chen)

轩辕轼轲答方闲海六问

方闲海：能否谈一下你的姓名？你是几岁开始写诗的？如果跟当年刚写下第一首诗的自己对谈，如今你能说一点什么？

轩辕轼轲：我的姓名经常被误以为是笔名，其实就是身份证上的原名，因为复姓轩辕，就找了两个偏旁带车的字当名，要说是从苏轼、荆轲的名字里集的字也无不可。我从1985年开始写诗，当时十四岁。我常想当初如果不去写诗，也许就会有另一个踏实的、不那么虚无的人生等着我度过，当然人生不能倒带，我也只能站在此刻的身体里眺望一下渐行渐远的另一个我的背影，再悻悻地返回现在的人生。如果跟当年的自己说一句话，那就是别写了，像一休哥说的："到这里，就到这里吧。"

方闲海：在二十世纪八十至九十年代，中国诗歌流派此起彼伏，很多曾热闹一时的流派，现今却鲜有所闻。作为本世纪初"下半身"诗歌流派的重要成员，你是如何看待这个现象的？

轩辕轼轲：再往前说一点，从二十世纪二三十年代新诗草创以来，诗歌流派就此起彼伏，不绝如缕。流派的形成一则因"诗可群"的同气相求，二则因"诗可能"的寻路觅向，每个诗人以及每派诗人都自认为有对诗歌发展方向指手画脚的权利，同时也有被自封的派别和旗号束缚住手脚的窘况。既然是百舸争流，当然会有沉舟侧畔，既然是流派，当然得后继有流动的活水，如果后继干涸，就不入流了，一切流派的确立都需要时间来一槌定音，因此许多被历史忽略的流派就"流拍"了。二十世纪八九十年代以来的中国诗歌经历过众声喧哗后，为数不多的那几个应运而生的诗歌流派或诗人群体越发凸显出来，它们掀起的洪流与前浪，驱动并拓展出了当今诗歌的大体流向。

方闲海：你认为自己是一个先锋诗人吗？据我所知，"先锋主义"一直处于褒贬不一的评判语境里。

轩辕轼轲："先锋主义"实在是一个很宽泛的概念，表现主义、未来主义、立体主义、超现实主义都能放进这个筐里。貌似一切艺术作品在经典化之前都曾以先锋的面目出现过，反过来也可以说，一切最终没有被经典化的艺术作品也曾以先锋的面目出现过。既然经典与非经典的前身都戴着先锋的面具，那么就使先锋有了悟空和六耳猕猴之别，也使褒者与贬者各自有了底气参半的依据。退一步讲，艺术探索包括索超也包容索迟，这也使先锋的概念有时成了各说各话，一先各表。先锋只作为标签意义时意义不大，我认为自己首先是一个诗人。

方闲海：我一直认为你的诗歌具有独特风格，你如何理解所谓诗歌的风格？

轩辕轼轲：说句老掉牙的话，风格即人，诗歌的原材料都是一样的，就这千儿八百个汉字，但怎么从脑海涌出、怎么从字海排列、怎么从人海受阅，都取决于每个诗人的生成机制。这个内循环的诗歌创作人体厂房，其灵感的切口、记忆的转化、想象的参与、形象的呈现、语感的形成,每一道工序都打上每个诗人的烙印,从这个意义上说,每个诗人都有自己的风格。当然,那些不走心的体外生产者会归于雷同。至于独特风格,两片杨树叶的差别肯定不如和一片樟树叶相比大,但樟树叶本身也会淹没在批量生长的叶脉里,因此作为诗人也要警惕风格的自噬,要时时勤拂拭,使人体厂房保持脑力心力的活力和对事物与语言的新鲜感,使每一次写诗都是跳出风格的出格,使每一次写诗都达到重塑风格的顶格。

方闲海:你自己最喜欢的代表诗作是哪一首?能否介绍一下?

轩辕轼轲:《体操课》吧,这首诗写于2010年5月9日,那天上午我写了十七首诗,其中有《捉放曹》《挑滑车》和这首。这首诗写了一种人间困境,连不想从众的姿态也成了从众时,那么只能一个跟头上西天了,可现在看来,去西天的路上也摩肩接踵,挤满了吃瓜群众。

方闲海:你主要读什么书?写作习惯是什么?

轩辕轼轲:读各种各样的小说。以前用电脑写,现在用手机写。

西娃

最终，我像一个被做旧的
假货，不那么轻易
又轻易地被识破

西娃的诗

画面

中山公园里,一张旧晨报
被缓缓展开,阳光下
独裁者,和平日,皮条客,监狱,
乞丐,公务员,破折号,情侣
星空,灾区,和尚,播音员
安宁地栖息在同一平面上

年轻的母亲,把熟睡的
婴儿,放在报纸的中央

2010.5.18

前世今生

我在院子里散步,一个正在学步的小女孩
突然冲我口齿不清地大喊:"女儿,女儿。"
我愣在那里,一对比我年轻的父母
愣在那里

我看着这个女孩,她的眼神里
有我熟悉的东西:我离世的父亲的眼神

年轻的母亲对我说:别在意,口误
纯属小孩子的口误
随即在小女孩屁股上拍了拍
小女孩哭起来,她望着我,那眼神
让我想到父亲在我上初中时,与我谈起
想与我妈离婚又不忍割舍我们兄妹时的眼神
(那是他此生唯一一次在我面前落泪哭泣)

我向她的母亲要了小女孩的生辰八字

那以后,我常常站在窗口
看着我的变成小女孩的"父亲"
被她的父母,牵着
牙牙学语,练习走路。多数时候
跌跌撞撞

有时会站稳,有时会摔倒……

我欣慰又悲伤,更为悲伤的是:
她长大后,会把叫我"女儿"的那一幕
忘记,或者会像她母亲一样
把那当成口误

2012.4.8

吃塔

在南方的某个餐桌上
一道用猪肉做成的
红亮亮的塔
(我宁愿忘记它的名字)
出现的那一刻起
我的目光
都没有离开过它

桌上其他的菜肴
仿佛成了它的参拜者
我亦是它的参拜者
接下来的那一刻
我想起我的出生地
西藏
多少信众在围绕一座塔
磕长头,烧高香
我曾是其中的那一员
现在我是其中的这一员

许多年来,我一直保存着
对塔庙神秘的礼仪
也保存着对食物诸多的禁忌
看着,这猪肉做的

| 西娃 |

红亮亮的塔
我知道了人类的胃口：
他们，可以吃下一切可吃下的
亦将吃下一切吃不下去的

当他们举箸，分食着
这猪肉做成的
红亮亮的塔
我没听到任何的声音
却仿佛看到尘烟滚滚
我们的信仰与膜拜
正塞满另一人类的食道
他们用百无禁忌的胃液
将之无声消解

2012.7.20

"哎呀"

我在飞快宰鱼
一刀下去
手指和鱼享受了，刀
相同的锋利

我"哎呀"了一声

父亲及时出现
手上拿着创可贴

我被惊醒

父亲已死去很多年

另一个世界，父亲
再也找不到我的手指
他孤零零地举着创可贴
把它贴在
我喊出的那一声"哎呀"上

2013.11.5

我们如此确信自己的灵魂

我们如此确信自己的灵魂
比我们看得见摸得着的肉体
更为确信,仿佛我们真的见过她
亲手抚摸过她,弯下身来为她洗过脚
在夜间闻过她腋窝里的汗味
在清晨听过她的哈欠声与唇语

我们如此确信我们的灵魂
确信她比我们的肉体更干净,更纯粹,更轻盈
仿佛我们的肉体,一直是她的负担
我们蔑视一个人,常常说他是一个没有灵魂的人
我们赞美一个人,常常说他是一个有灵魂的人
是什么,让我们这样振振有词,对没有凭据的东西
对虚无的东西,对无法验证的东西
充满确信?

如果有一天,一个明证出现
说灵魂是一个又老又丑又肮脏的寄生物
她仅凭我们的肉体得以净化,并存活下去
崩溃的会是一个,还是一大群人?
从崩溃中站立起来的人,或者从没倒下的
会是怎样的一群人?或一个?

2013.12.1

墙的另一面

我的单人床
一直靠着朝东的隔墙
墙的另一面
除了我不熟悉的邻居
还能有别的什么?

每个夜晚
我都习惯紧贴墙壁
酣然睡去

直到我的波斯猫
跑到邻居家
我才看到
我每夜紧贴而睡的隔墙上
挂着一张巨大的耶稣受难图

"啊……"
我居然整夜整夜地
熟睡在耶稣的脊背上
——我这个虔诚的佛教徒

2014.3.14

我把自己分成碎片发给你

把我的脸发给你
我说,这张脸,在尘世已裸露40多年
它经历过赞美,经历过羞辱,经历过低档化妆品
与高档化妆品腐蚀。而我很要脸
为了这张脸,我硬着脖子活过昨天与今天
我付出的代价,你在这张脸上慢慢看

你说,美丽的中国女人,你只看到美

把我的两只手发给你
它修长,涂着蓝色蔻丹,正在长皱纹,以后将长黑斑
我告诉你,这双手,做得最多是挑选文字
它在成群的汉字里,选出最符合自己气息的文字
它们组成署名西娃的文字和诗篇
它们遭受的冷遇与赞美,加起来并不等于零
同样是这双手,颤栗过,犹豫过,热烈过,冰冷过……
有时也哭泣,却不知道怎么流出泪水
有一天,它也许会带着不冷不热的温度,进入你的生活
我并不知道它能为你做什么

你说:性感的手,你不求它为你做什么,你只想为它做什么

把我的脚发给你

它是我四肢中，最难看的部分
脚趾弯曲：小时候家里缺钱，它曾在又短又小的鞋子里
弓着身子成长。如今，它依然在各种看似漂亮的鞋子中
受难。只有我睡眠时，它享受过舒适
满心脚掌，不能走过长的路，它却带着我的愚笨之身
走过很多奇怪的路，去过很多不该去的地方
也许将去到你居住的城市
于我们之间的障碍里，徒然而返

你发来一长串英语句子，我无法明白你在说什么

把我的乳房发给你
我说，真为你遗憾，你错过了它最饱满和弹性的时日
它曾用11个月，喂养过一个孩子
也安抚过几场爱情中的男人，他们曾在上面留下唾液，指纹
但已经很久了，它除了装饰着更多衣服，已一无是处
有一天，它会成两张皮，里面不再有任何回忆

你说：就是所有的饱满都不属于你，你依然热爱此刻

你乞望我清澈地告诉你
为什么要把自己分成碎片发给你
我却用电影阿育王中《尽情哭泣》的片尾曲
替代了我的全部解释

2015.4.2

熬镜子

我正在照镜子
锅里熬的老鸭汤
翻滚了
我没来得及放下手中的
镜子

它掉进了锅里

这面镜子
是外婆的母亲
临死前传给外婆的
外婆在镜子里熬了一生
传给了母亲
在母亲不想再照镜子的那一年
作为家里最古老的遗物
传给了我

这面镜子里
藏着三个女人隐晦的一生
我的小半生

镜子在汤锅里熬着

浓雾弥漫的蒸汽里

外婆的母亲从滚汤里逃出去了

外婆从滚汤里逃出去了

母亲从滚汤里逃出去了

只有我在滚汤的里外

用手紧紧捂住自己的嘴

2015.7.15

神灵以各种方式，让你知道他的在

她纸人一样扑倒在我床上
这已经是第几次了？

她在枯死的家庭生活里
侍候老公，做家务，在爱情故事片里度日

有两次，趁她老公出差
偷偷跑去与前情人
约会，而每次，要么在半路
要么与情人刚见到时
她老公电话都及时追过来
直接问她在哪里

她守在家中的所有日子
他几乎不给她任何电话

每次她受到惊吓，都会跑到我这里
一次次问："难道真有一只眼睛在监控我
难道真有神灵存在吗？"
这个像被什么瞬间抽空的人
这个始终喜欢用"巧合"概括一切的人
这个从不相信神灵的人
她纸人一样扑倒在我床上

2015.8.17

一碗水

她专注地看着一碗水
用细若游丝的声音
念着我的名字
念着我听不懂的句子

"你父亲,死于一场意外
与水,医疗事故有关。"

是的,大雨夜,屋顶漏雨
他摔倒在楼梯上
脾断裂,腹腔里积满了血
医生说没关系
只给他吃止痛药

"2014年,你与15年的恋人
恩断情绝,纯属意外。"

是的,我们正在谈老去怎么度过
他手机上跳出一条短信
"老公,你回家了吗?"
我不听他任何解释,摔门而去

"2016年1月,你女儿上学的钱

被你败在股市里……"

是的,他们使用熔断机制
我和上亿股民
像被纳粹突然关进毒气室

……
是的
……
是的
……
是的

这个在李白当年修道的大匡山
生活的唐姓女人,一场大病后
变成了神婆。她足不出户
却在一碗水里看到了我的生活

2016.1.20

在玫瑰教堂

澳门的教堂如此之多
我是第一次
如此频繁地出入教堂
避不开的是,十字架上的耶稣
每见他一次,我心就抽搐一次
每每从一个教堂出来
我身上就多出一副十字架

我沉重的身体与心
被一次次激怒
把耶稣钉上十字架
这种蠢行与暴行
只有男人们,才干得出来

不说耶稣的神迹,不说他是上帝的儿子
仅凭他身为一个男人的美色
无论他活着还是死去,女人们
只会像玫瑰教堂里的圣母马利亚那样
哀伤地把他抱在怀中

2016.4.7

箱子里的耶稣

依然是玫瑰教堂
一间展示
耶稣受难作品的房间
不同艺术家通过想象
把同一个耶稣
钉在木质的,铁质的,银质的……
十字架上

无论耶稣此刻在哪里
都有一个他
在艺术家们的手里
反反复复地受难

在一个敞开的箱子里
我看到耶稣的头颅
四肢,身体,分离着
又堆积在一起
他平静的蓝色瞳孔里
一个佛教徒
正泪流满面

2016.4.7

为什么只有泪水,能真实地从梦里流进现实

女儿在薄被子里
激烈颤抖
她的喊声很悲伤:

"带我离开这里
我讨厌这里,我要回去。"

我摇醒她
把她带离梦境

她在哽咽中讲述——
总梦见那个蒙面人
她不也知道他是谁
但她相信他
能把她带回去

我问她想回哪里去
她说不知道,但
肯定不是这里,不是
这个现实世界里

这样的梦境发生,已经不是第一次

| 西娃 |

"只有现实是真的
哪里都是假的，假的
包括梦！"我喊
像已经失去她很多次

"那，为什么只有泪水
能真实地从梦里流进现实？"
她指着枕头
上面湿了一大片

2016.5.15

羊眼

很久了
他发现自己的眼睛
混沌,所见的事物
也越来越暗

在鄂尔多斯的餐桌上
他吞下一只巨大的羊眼
他渴望这只羊眼能替代自己的眼睛
看见永远的星空
草原,和因自己失眠而远离的
羊类的温和与宁静

从此,他却无所事事地
流泪不止

2016.8.1

我遮蔽的丑陋

我提着两袋蔬菜
从奥柯勒超市出来
不小心与一个棕色皮肤的男人
撞了一个满怀

我说对不起之后
他邀请我喝一杯

我的第一个反应
喝完之后
他要求我与他上床怎么办?

尽管,他有深邃的眼睛和高鼻梁
身上的岩兰草味道
也是我最爱的

如果他是黄色人种或白色人种
我确定不会这么果决地
拒绝他

我以为自己已经过了
"种族歧视关"

是的,那是我没有具体设想
与他们上床
之前

2017.2.14 墨尔本

两尾赤鳞鱼

它们终于又相遇了
两条赤鳞鱼
在一个女诗人的肠胃里

在泰山半山腰的泉水中
它们活着,相恋,一晃七年
极阴的水性使它们拥有小小的身体
用小小的身体捕食,用小小的身体生育

同一天,它们被捕
一只跟被捕的鱼群
送到山下的餐馆
另一只被送到山顶的餐馆

而她被当作贵宾招待
在山下吃下一只
她又爬上山顶
吃下了另一只

仿佛她从山下到山上
仅仅是为两条鱼的合葬
提供一座坟墓

2017.6.17

这一次真完了

他们把他从冰柜里拉出来
腹部还插着医院里的塑料管子
垂肩的波浪黑发紧贴在耳旁

他僵直躺着，我僵直站着
我们有一模一样的苍白面孔
这个被我同学误以为
是我情人的男人，这个在西藏高原
把自己晒得黝黑，把我的奶名
取为西娃的男人，这个被我班花闺蜜暗恋的男人
不少妇女想偷情一把，却被母亲收光零花钱的男人
他就这么躺着，在一层薄冰里

我机械地取下脖子上的护身符——玉制弥勒佛
挂在他的脖子上
我能闪出的念头：如果真有地狱，让我去
如果他活过来，我要为他找很多女人
我不会介意他与母亲离婚，不会介意我们破碎
却还像个家庭的家庭，更不会在意
他曾把我举过头顶，扔进麦田的情形

而这一切，都破碎在
他挣扎着从手术台上

弹起来又倒下去的那一声——
"这次真完了"中

2018.1.12

爸妈的亲事

我贫穷的少年爸爸
穿着补疤阴丹布裤子
抱着一只瘦母鸡
在爷爷和媒婆的壮胆下
站在了我妈家门口

"我们很穷,可你们是
地主,加上这只鸡,我们也
配得上你们了……"
我口齿并不伶俐的父亲
此时口齿格外伶俐

被批斗过的地主婆——
我的外婆,目光落在那只
瘦母鸡身上,听到屋里
我妈的哭声,垂下了眼皮

"如果年底我能去当兵
你们送给我们一只肥鸡
说不定还配不上我们"
我妈在我爸话音落下时
边抹泪边走出来
点头答应了这门亲事

2018.3.2

这一幕到底发生在哪里

我的前夫
因修习一个奇怪的密宗法门
住进了精神病院
那些熟悉与不熟悉他的人
都在传说：他疯了

我去精神病院看他
喜形于色有重新爱上他的冲动
"每个探索灵性领域的人
都必须过大疯关
你走在了我的前面！"
他大笑着告诉我
他是装疯
与我一同去看他的诗人蓝马
悄声对我说
这其实就是：真疯

2018.5.16

诗人只可能在书上

在墨尔本
我和一个华人旅游团
去旅行。一位旅客
不小心扭伤了脖子

我用随身携带的精油
为他处理。他说
"你一定是一位
高级按摩师。"

"不,你错了。"
与我同行的朋友向他
解释:"她是一位诗人。"

旅客迟疑地看着我
摇动受伤的脖子
"你只可能是按摩师
诗人,只可能在书上。"

2018.6.7

尚仲敏在微信上的阅读趣味

他的手指飞快划手机屏幕
阅读自己的微信朋友圈
划到"新诗典"刚推出的诗歌,停顿
点开图片,很慢地读完
又迅速滑动,指头留在一个清丽的女孩图片上
像想起什么,点开,久久凝视
手指仿佛死在了那里

几分钟后,一个文学聚会的宴会
让他的手指复活,犹豫了一下,划过
到某领导人安抚民工的图片时
他的手指神经质般地
让手机黑屏

2018.7.12

斜视

她们都沉默了
当我在这155个喜欢并使用精油的人中
讲完——如何用精油调节
男性生殖系统的问题

我讲课涉及的领域：勃起障碍
精子量低，睾丸素过高，阳痿
雄性激素不稳定，荷尔蒙失调，男性不育

她们退场，或低头看手机
或歪着嘴看我，嘴角露出耻笑
曾在私信里，言谈中
她们拐弯抹角问过我，此类症状

现在，仿佛只有我的男人
遇到了以上问题

2018.8.12

死亡的预兆

外婆后来无数次说起
死亡来临之前
是有预兆的
只是活着的人不知道
死亡的语言

28岁就夭折的小舅舅
临死之前的半年
总是在家里待不住
他常常在夜半失踪
在清晨回来
家里人都不知他去了哪里
某个夜晚找到他
他竟然蹲在屋后那棵老青木树下面
模仿猫头鹰叫唤

有那么几天，小舅舅用过的杯子，碗
上面爬满黑森森的蚂蚁

他死后，家人在他的床下
发现十多个老鼠洞
它们在小舅舅的床头
堆出一座小土山

里面藏着他的袜子，内衣
外婆为他29岁生日做的鞋垫
已被老鼠咬成碎片

2019.1.5

我正在从你的身体里,一点点撤出来

你手里提着一袋肉蔬
放下书包进入厨房
和面,切肉切菜,开始包饺子
这些,我从来没教过你

你拒绝了我的帮忙

你说:妈咪,我再也不会
让你操心了。二月
你陪着我一圈圈散步
开导我,每天给我做饭
伴着我一夜一夜失眠
配置精油抚慰我
失恋的身体,这半年
我都能感觉到
你沉默的手
在我背上,抖
热一阵,冷一阵

是的,那时我恨不得整个自己
完全驻扎进你的身体里

2019.1.12

我……

我天生愚笨，爱上
阿赫玛托娃，帕穆克，布考斯基，释迦牟尼……
有时也玩一些修炼术
希望自己能脱胎换骨
却没祈望自己成为
我之外的另一个

我长得矮小，鼻翼上留着疤痕
在不同国度的电影里
贪婪地看着屏幕上的俊男美女
却从未祈望自己变成
我之外的另一个人

我比"我"更清楚
这个上半身臃肿，下半身轻飘的人
失重地活在人群里
招来一些爱慕，怨恨的男女与魂灵
与之纠缠，清算，翻不了身

那些从不曾哭泣的男女和魂灵
在今生，在这样一具丑陋的身体里
把自己和我，同时哭醒

2019.1.13

天鹅之死

她得到了一笔
意外遗产。此后
她一旦触碰钢琴
只弹奏
《天鹅之死》

那一年
她被一场爱情
伤得只剩下皮
就去了澳洲
以弹琴作为生计

她每天为一个
坐在轮椅上的老绅士
弹琴两小时
他总是坐在她身后
听她弹琴望着她背影
两年中
他只说过一句话：
弹奏你最喜欢的曲子

她沉浸在失恋情绪中
为他弹奏最多的是

《天鹅之死》

他去世后第三天
她得到他的遗产
和遗嘱里最后的话:
我生平第一次
在梦里
强奸了一个人
就是你。忏悔之后
把你当成了
我的人

2019.1.13

"送你一个爸爸"

今天是父亲节

我已经没有父亲了
他活着时,还没有这个节日
"都来不及了,我只给父亲
送过一条牛皮腰带……"

女儿扶着我的肩——
"我送给你一个爸爸!"

我年轻的父亲,那么青涩
他穿着军装,手上抱着一本
《毛泽东语录》——
我唯一保存的这张照片
离婚那一年,丢失了

"我在你少女时代的日记本里
找到了他"女儿说——
"现在你可以给他送任何东西了"

2019.1.16

上帝的眼泪

你躺在深夜
满是褶皱的紫色床单上
青春美丽的身体
像一条嫩白而无力的线条
初恋失败的痛苦,悸动
使你,翻过来,又翻过去

我还能怎么办?女儿

下午,我们围着奥柯勒
一圈圈走到天黑
我用完了全部失恋经验
开导你宽慰你,我嘴唇起泡
而你用散掉的眼神望着我
不变和仅有的一句——
"妈,就是一只小狗
跟我生活了7个月
我也要把它找回来……"

无助灌满我双腿,女儿
处理失恋上
我就是再失败100次
也是永远的生手

父母没教过我如何面对
学校也不曾教过我……

我还能怎么办？女儿

我像一个散魂
影子碎在墙壁上
把乳香，檀香，岩兰草，洋甘菊……
滴，滴，滴，滴满你身体
一遍一遍涂抹在
你脚板，脊背，头顶上……

你该安宁了

你慢慢安宁了……

2019.4.5

这一天真来了

你出生还不到
8个月的那一年
我去一座湖边的房子里
陪同失恋女友

她夜半惊惧地站起来
幽魂一样满屋转圈
她双手扯着
头发
一缕缕脱落，慢镜头一样
在白炽灯光下，飘

可我的身体，语言，却像被
强力胶粘住了

熟睡于婴儿车里的你
在她压抑的抽泣声中
放声哭起来，仿佛她全部疼痛
正在通过你的身体
释放

女儿，从那时我就担心
生怕有一天

你也会像她这样

而这一天真来了……

2019.6.11

孩子们

几个小孩进入
我房间
"这里好香
你好香"

他们在我屋里
抚摸瓶瓶罐罐
"是什么这么香?"

"我有46个国家和地区的
精油,植物的灵魂
都在我的屋子里"
我向他们吹嘘

"那你屋里有松鼠吗
有蘑菇吗?有狼吗
有老虎和鬼吗……它们
是不是都藏在
你的床底下?"

他们尖叫着
说真的看到了
这些东西

2019.7.7

| 西娃 |

英语老师

他的舌头上布满白舌苔
发齿舌音时,他总是亮出它

这布满白舌苔的大舌头
过早吻了我们一个女同学
并让她没毕业就怀孕了

"他毁了她"每当中学同学
说这话,都知道指的谁和谁

后来我在北京见到他
他发给我一条脏兮兮的暧昧
信息,我直接打电话告诉他
"我看不上你,今天加永远"

几天后我又收到一条短信
"我只是想试探下,看你在北京
是不是已堕落……"
并发来一张他手抄的
《金刚菠萝蜜多心经》[1]

2019.7.15

---

[1] 本应为《般若波罗蜜多心经》,诗人故意错写为了《金刚菠萝蜜多心经》,因为诗中英语老师在发微信时发错了,诗人将错就错,有种讽刺意味。

遗像

你的房间里
依然保持多年前的模样
几架书,一张床,地毯上一尘不染
你赤脚走在房间
为我泡茶,把香烟放在咖啡里
沾一下,点燃,放到我两唇间

你始终没正眼看我
偶尔,你会跟我说几句话
便把目光投向你的床头——
我15年前的一张黑白照片
你把它放得那么大,那么虚
照片的下面,放着一瓶满天星和白菊

"这更像一张遗像,这就是遗像"
多年前你这么说过
此刻你又这么说
你不再理会我的哭泣,我的申辩

你爱的那个我死了
而站在你身边的这个我
又是谁的遗像

2019.10.1

多么希望成为,他们谣传的任何一个

25岁,我成了抛夫弃子的女人
骂名从四川传到北京
有人谣传:我在外省做妓女

28岁,我在不同城市
签名售书,一记者采访我
"一个无依无靠的北漂女
在北京立足,还出版几本
小说,背后是否有一群男人?"

33岁,我跟师父学习佛学
"在深夜撞墙,身上掉下的灰
胜过墙壁上掉下的"
闺蜜给我一个消息——
人们说你做了老大的女人

今天黄昏,从地铁口出来
一个曾经恋过我的人,看到我
像看到了跑出轨道的火车
"啊,啊,过年前我还去
香山陵墓,为你烧过纸钱……"

2019.12.19

母亲的青春

我七岁那年,看着
母亲穿着蓝底白花的衣裳
一条粗大的麻花辫
垂到腰际

她的阴丹布裤腿
随着手里的擦灰布
来来回回在屋里飘
她嘴里哼着此生
唯一能唱的一句歌
"北京的金山上光芒照四方"

房顶的亮瓦透下光
母亲全部的年轻和美丽
就在亮瓦下
一闪
就没有了

2020.1.15

上帝的味道

我带着五个6到15岁的孩子
玩精油,他们每人
画了一幅想象中
上帝的肖像
我说,展开想象力
上帝是什么味道
把与之对应的精油
滴在画上

一个孩子滴了檀香
他说上帝像爸爸:高大,可靠
一个小胖子滴了
生姜,茴香,黑胡椒……
他说上帝是一道卤菜

一个小女孩滴了
玫瑰,天竺葵,罗马洋甘菊……
"上帝就是一座花园,好闻极了"
一个戴眼镜的男孩
滴了百里香,茶树,麦卢卡
"就是这样,上帝
有皮鞋的味道"

患轻度抑郁症的孩子
皱眉闻着
绰号为希特勒精油的牛至
她附在我耳边轻声说:
"我经常在梦里闻到
尸体味道,跟这差不多"
她把它滴在了
上帝的肖像上

2020.5.22

你纹丝不动，像激情已过的男人

我梦里的手指
捋着你胸毛，你腹部的毛
你腋窝里的毛
我一根根查看它们
用鼻子闻它们
用耳朵和嘴唇触碰它们

你纹丝不动，像激情已过的男人

唾液留在你毛发上
汗液沾在你毛发上
泪水滴落在你毛发上

你纹丝不动，像激情已过的男人

我拔你胸毛，腋窝里的毛
腹部上的毛，大腿内侧的毛……
用手拔，用牙拔，一根根拔
一缕一缕拔，一撮一撮拔……

你纹丝不动，像激情已过的男人

我拔光了你所有的毛发

那个曾激情四射爱我的男人

他也没藏在你的任何

一根毛发或毛囊里

2020.6.17

健忘症

我妈得了健忘症了
她提一桶水
在擦玻璃窗
几分钟后
让我们帮她找手机

我们几人在家里翻箱倒柜
甚至连做饭的锅里
都找过了

弟弟说：刚才屋子里进来过
一只苍蝇，只能是被苍蝇盘走了
妹妹却在倒桶里的水时
在里面看到了手机

妈破口大骂：哪个砍脑壳的
在这里放了一桶水
把我的手机藏在了水里？

2020.7.1

解了

你第三次把印蒿精油
涂抹在我肚脐轮上
"你跟你母亲的关系
是不是很僵？"
我用枕头蒙住脸
裸露在你眼前的肚脐轮
嗖嗖冒着寒气
一幅幅发黄的图像
被顶出来——

她举起的竹片子
不断落在我和弟弟妹妹身上
不哭不叫不求饶的我们
跪成一排像摇晃的问号

她偷偷塞给我
10块零花钱
又在我睡着时拿走一半

她在我10岁那年
就不停告诉我
她的男人总是与其他女人偷情
……

印蒿醉人的酒香里
你说：解了
我跟着说：解了

2020.7.12

这一家子

为解决快崩盘的婚姻
算命先生指点——
你们得有个信仰

闺蜜和她老公
一个受洗,成了基督教徒
一个却皈依了佛门

两口子吵得更凶了
闺蜜说:看你那熊样
一看就是被上帝
抛弃掉的人
她老公就一句:
你一生都不知道什么是自己
……

往往这时
他们7岁的儿子
瞪着清澈大眼睛
穿梭在他们的吵闹声中
一会儿双手合十
一会儿在胸口画着十字

左一声阿弥陀佛
右一声阿门

2020.7.15

释放

每次出远门前

我会把屋子彻底收拾干净

从未穿过的双双绣花鞋

摆在最明显的位置

看过一遍又一遍的圣贤书

拜过一次又一次的佛像与佛经

收藏在箱子里

落地窗帘拉得严严实实

我把空间全让给你们

那些因我在，因圣贤在，因佛经佛像在，因光在

而躲在我屋子里的生灵们

你们需要自由伸展的空间

就如每月必须有一个夜晚

我故意把自己灌醉

那些因理性在，因圣贤在，因佛经佛牌在，因光在

而不敢肆意冒出的堕落，厌倦，颓丧……

必须在大醉中

获得啤酒泡沫一样的空间

2020.7.15

古董商

又一个收藏古董的男人
说爱上了我

不了,不了……

我最长久的爱情,跟一个
收藏西藏佛像与古钱币的
最短的,跟收藏破窗朽木烂砖的……

不知我什么样的
朽落气味,吸引了这类人
抑或我在某一刻
有意无意诱惑过他们——
"收藏我,我有一颗老魂灵……"

而最终,我像一个被做旧的
假货,不那么轻易
又轻易地被识破

2020.8.15

他们，和想象中的女诗人

他们，拖家带口
吃尽周边的草
赏尽眼力所及的花
某一天
知道这人世间
存在"女诗人"这一物种
以各种名义进入你朋友圈

夜半或凌晨
他们从你私微里冒出来
有各种看似美妙的说辞——

"……你长得可像三毛了
她是我少年时代的女神
如果可以，我带你去
大沙漠，所有费用我出……"

"几年前就跟踪读你的诗歌
你一定很浪漫，很超脱
会像诗人那样接受，我的邀请……"

"……关键是，我发现了你
喜欢了你，找到了你

| 西娃 |

我虽然有家庭，但情人
是汉语里最动人的词……"

仿佛：女诗人都是草原上
野生的花或草，他们是
随意经过你的羊
想叮一口，就能叮一口

嗯哼……

2020.8.17

吲哚——死神的气味儿

摩托车刺耳刹车声
把马路拉开一道伤口
我们捂着嘴
看着这个横穿马路的小孩
在空中划出一道弧线
被抛掷在了马路中央
鲜嫩的血流出身体……

半小时前
这个还在珀斯粉红湖边
蹚水的白人小孩
扬起粉嘟嘟脸蛋
欢快笑声像他鲜嫩的血

可,我在他身上闻到一股
跟他年龄与眼下情景
没法匹配的味道

这味道悲伤又熟悉

在逝去外婆身上
在自杀女友身上
在暴亡舅舅身上

| 西娃 |

我一一闻到过

几年后我学习芳疗
知道这味道叫——
吲哚：百合花，茉莉，白玫瑰
……一切白色花朵里
都隐藏着它

2020.11.12

我的客人们

我有不大的客厅
墙上挂着壁毯
几架书籍
几箱影碟与音乐碟子
几尊佛像

我很少在这里
迎接现实中的人儿
而我的客厅里
却有不断的客人

我从不过问他们来自哪里
也不问他们的名字
我们只用心和嗅觉交融

他们源源不断拿走我的孤独，寂寞
也吸走我的二手烟
此刻我正在煮面
突然趴在灶台上哭出声来
他们一同颤抖着
一遍一遍喊着我的奶名

2021.5.12

| 西娃 |

与我隐形的同居者

就是在独处的时候
我也没觉得
自己是一个人
不用眼睛,耳朵和鼻子
我也能知道
有一些物种和魂灵
在与我同行同坐同睡

我肯定拿不出证据
仅能凭借感受
触及他们——

就像这个夜晚
当我想脱掉灵魂,赤身裸体
去做一件
见不得人的事。一些魂灵
催促我"快去,快去……"
而另一些物种
伸出细长的胳膊
从每个方向勒紧我的脖子

2021.5.14

单身女人的法术

我把两双46码的男鞋
摆在家门口
我屋子里并没有男人
需要穿它们

一次诗歌会我迟归
在电梯里碰到一个
酒醉的男人
他用挑衅的口吻问
"约吗?"

他就住在我斜对门
每次飘过来的眼神
都像刚刚嫖完妓

这两双男鞋
像两个金刚神
让我一下就安宁了
也阻挡了那脏兮兮的眼神

2021.6.17

古董商
　@西娃

又一个收藏古董的男人
说爱上了我

不了，不了……

我最长久的爱情，跟一个
收藏西藏佛像与古钱币的
最短的，跟收藏破窗朽木烂石的……

不知我什么样的
朽落气味，吸引了这类人
抑或我在某一刻
有意无意诱惑过他们——
"收藏我，我有一颗老灵魂……"

而最终，我像一个敞旧的
假货，不那么轻易
又轻易地被识破

　　　　2019．8．15

风华各自，知者同行

西娃

我是想成为特朗斯特罗姆那样写得很少的诗人吗？仅仅说量，我确实写得太少。但说完这话又觉得是在为自己写得不多找理由。失落了一会儿，我开始剪指甲，指甲太长了，不剪掉就无法打字，于是发现自己又很久没写作了。

"我太忙了"、"我在求生存"、"大环境逼人，我老了没有钱怎么办"……这类问题在这三年常常鬼魂般出现，不断萦绕着我。年轻时哪怕身上只有十块钱也不会想的问题，现在却必须正视起来。我在越来越多地找理由，以求心安，究其根本，不仅仅是以上的原因，也因为我的写作精力和热情在减少，总是在被不同的欲望分散注意力，我甚至都不怎么担心自己会变成一个消失的诗人。

也许我在逃避：各种虚幻感和虚无感在碾压我，庸常正在淹没曾拥有高度创作野心的我……

有时外力可以暂时终止这类困境。是的，尽管我是一个不断自省和内观的诗人，但我也需要外力的推动——某一天，我看到微信中出现了一个"五人诗选"群，群中有沈浩波、里所、轩辕轼轲、盛兴，"磨铁读诗会"要为我们出一本诗歌合集。不知道策划者怎么想到出我们五个的合集，意外之后是快乐和小小的兴奋。我把这视为感情很深但写作风格迥异的几人的一次组合。是的，我们几个都是好朋友。于友谊，于诗歌，这个选本我都会重视。

在不同时期，根据自己对诗歌的审美和当时对诗歌的理解，我可以选出无数个选本，每个选本对我来说都不分上下。

这一次，我根据自己看一首诗时，能否回忆起写它时的生活状态为主线,选出了它们;有时候,面对一首诗,却忘记在什么情况写下了它,那么这类诗歌完全可以从文档里删除。一首好的诗歌,包含着记忆,总是像时光刻录机一样,刻出某个段落的生命或生活的场景、喘息、心灵的异动……

对自己的诗没有更多可说,多说说他们几个吧——

说不尽的沈浩波

2016年4月末的一个上午,我写了一段求助文字,因为我女儿拿到了国外某大学的录取通知书,很快要去上学,办签证时需要120万放银行作为资金证明,我要在一周内凑够钱。我深吸一口气,闭着眼睛发给了沈浩波,然后等待着被拒绝。那时我跟沈浩波还不算很熟悉,跟不熟悉的人借30万,被拒绝是大概率会发生的事情。沈浩波迅速回信:"靠,我在印度。"我知道他在印度,他这句话其实是绝佳的拒绝理由,他原本可以继续轻松度假的,但我又迅速收到他的另一条信息:"我来想办法!"

他就这么"一肩挑"了。之后和他渐渐熟悉起来,我在现实中就经常看到,很多事他都是"一肩挑"。出版诗集不赚钱,他却在自己的图书公司里出版了那么多国内外诗人的诗集,这不是他的责任,但他"一肩挑"了。诗人任洪渊去世后,留下了三个遗愿,每一个都很艰巨,他没必要去负责,但他也一肩挑了……

我经常看到这样的场景,他在各种不同场合热情地鼓励年轻的诗人:"写吧,写吧,你能写出来!""你会写得更好。"他又总是在不停地推动一些已经成名的诗人:"你们写不写关我毛事?但还是要写啊!写啊写啊,只有写作是有意义的。"

而在另外的场合中,他又有着格外的严肃和严厉。某次,在一群用羞辱性言辞,把敢于对社会发言的知识分子当成取笑对象的诗人中,他突然站出来严肃地说:"如果我没有做现在这个公司,我就会成为那样的知识分子……"是的，他经营着一家颇具影响力的文化企业，他总想把自己的社会职业和诗人身份完全分割开，但又往往无能为力，在越来越多的诗歌场合中，好多朋友也开始喊他"沈总"。他对此非常苦恼，"为什么诗人之间也要叫沈总？这让我显得好庸俗啊"，他觉得叫他"沈总"，是对他诗人身份的取消，仿佛诗人们多叫他几次"沈总"，他的诗神就会抛弃他一样，这几乎是我见过的他最介意的事情……

在很多场合，说起沈浩波，都会出现一群迷妹和迷弟，面露赞美、崇拜、欣喜、痴迷相："哇，牛人……哇，沈总……"这些人往往不是诗人。而与此同时，我又在不同圈子的诗人中，不断听到见过和没见过他的人，对他的为人和作为一个先锋诗人的无保留的赞美。他仿佛已成为很多人的精神偶像。

"你的画画得很好啊，你能成为一个好画家。"在一次酒局上，沈浩波在喝酒前热情地鼓励某个画国画的女生，当着不重视她画画事业的老公的面。但他很快喝多了，醉酒后，他又开始源源不断地暴露自己的锋利和锋芒，非要叫人家贴近现实与真实，贴近当代生活，画出现代感，不然国画就永远无法创新，只能属于历史。我曾经见过他几次喝醉，每次喝醉时他就会格外批评他所看重的人，每次都刀刀见血，醒来又为自己的尖锐而后悔不已，担心伤害了别人。他在干什么，我们只有细品才会知道。

在诗歌成就上，我认为沈浩波是世界级的诗人。他尖锐、凌厉、咆哮、势如破竹，带着吞并和吞噬的气势……当年那个一路牛气烘烘的光头青年依然在他体内，同时，更多的沉潜和老辣正与其并存。近几年那几首短小而厚重的诗：《在波尔多的一个酒庄》《理想国》《白雪棋盘》《花莲之夜》等，已经成为他新的名作，而类似的好诗他还有很多。

沈浩波明白世俗的游戏，但他保持着清醒的觉知，在题材和写作的纵横向度上他都是那么丰富。通过不断的自我反省、自我教育与净化，他把自己磨成一面照妖镜，外部世界在他这里逐一显露出本性,所以他才能写出那么多透彻有力的诗歌。

他是那种不断拓宽自己写作边界的诗人。2020年伊始,他无法出门,干脆在家里钻研他一直苦于没时间深入的二十世纪现当代艺术,并从中汲取题材和精神的能量,写出了大量诗歌。与其说那是一次大规模的题材拓展写作,还不如说他是在这些艺术家的身上照见了自己的光:"你自己有,你才能看见。"《飞翔的天使》《手》《自画像》《世纪女神》等令我印象深刻的诗作,让我感觉到他在处理二手材料上的突破。

而面对当下世界的各种现实,沈浩波更是永不缺席,始终在用诗歌直面和反对这个世界的种种不堪,他不断质疑,亦永在坚守。

时代加速变幻,我看到许多诗人花猫般的脸,一个观念或一首诗就露出他们不堪的底色。而沈浩波,他的面孔越发清晰,底色越发醇厚。

几个里所

你看到的里所和我看到的绝对不同。

在公众场合下,她理性、节制,很有分寸感。初见她时,她紧绷、内收,对外界充满防范。细捋她的过往,她曾经经历了同龄人无法承受的重击,但她承受下来了,这令她的生命更加坚实沉厚。这几年,我们无法到处走动,同在北京的她与我见面较多,成为我的跨龄闺蜜。当真正走近,才发现她的内心藏着一条波浪湍急的河流,这些只有当她喝酒喝到飘时才能见到。她一旦把自己打开便是另一个里所,灵魂深处摇曳多姿,这一面令我格外喜欢。她恋爱,敢爱不恨,倾其母爱和情人之爱,细腻地照顾对方的细微情绪,常常在责任感爆棚时,显得更像个男人,只有受伤时才像个小女孩。她像海绵一样吸纳这些情感过往,并将其中的精华升华为诗歌。大多爱情对身心并无好处,但对成长有好处,对诗人的写作也是帮助。

《奇迹的喀什》《鹅》《白桑椹》……这些作品让人看到一个优秀的里所。近些年来她又写出诸如《为你买一头大象》《身体的肖像》《孪生》《最彻底的爱》《两性双关》《男母亲》这样的诗歌力作，都很细腻且充满身体感。之前她的诗歌，语言和意象绵密粘连，近几年，她保留了自己的意象能力，又让诗歌语言从密不透风变得通透开放。女性情感和身体的私密体验，是她近年来发力最多的诗歌主题，她甚至写出了那种只有女人才能感受到的身体感、多汁感。我曾数次跟里所说，你要再度打开，你会写出更好的诗，因为她在正常时依然处于过分克制的状态。有时，释放出心里的魔鬼对写作而言是有好处的，艺术本质上不需要接近天使，魔鬼气息和魔性跟诗歌和艺术住在同一个社区。我说这些，是觉得她有打开这扇门的潜质。

身为工作狂的里所不仅在写作上很刻苦，她还画画、养猫、翻译、参与话剧演出等，这些都使她更加丰厚，她正在悄无声息而又轰轰烈烈地成为80后一代诗人中最有力的一位。她的诗歌在文本上有很高的辨识度和标识感。

轩辕轼轲：风流才子在飙诗

轩辕抱着酒瓶子，身后跟着同样抱着酒瓶子的盛兴，他们在机场狂奔，狂奔过人群，狂奔过商店，狂奔得风度翩翩，狂奔得不像个诗人，当狂奔到检票口，飞机起飞了……

我梦境中出现过这一幕，现实中也出现过——某一年李白诗歌奖颁奖典礼在江油举办，邀请轩辕和盛兴来参加，两人早早到了机场，见离飞机起飞还早，就买了几瓶酒坐在台阶上聊诗，聊着聊着啥都忘了。猛然回过神来，两人撒腿就跑，但飞机并没有为两位诗人刹一脚，傲慢地飞往了四川，等他们换了另一趟航班曲折抵达李白故里，已经深夜……

之后再请这两个家伙参加活动，我都会婆婆妈妈地叮嘱：别把飞机赶丢了哦……

在我写下这段文字时，轩辕已经戒酒60天了，轩辕为什么戒酒我不知道，轩辕戒酒后是什么样子我也不知道，他不认那个喝酒的自己了，他要跟喝酒的自己告别。过去在酒后发生的那些我觉得很好玩的事，现在轩辕都觉得羞愧。而我的记忆里，有趣的轩辕、好玩的轩辕、可以成为佳话的轩辕都在酒里啊，酒外的轩辕我见过吗？没有，那是一个陌生的轩辕，需要我重新认识的轩辕。他那被常态、规矩、世俗框架禁锢的有趣生命与活脱脱的灵魂，只有在酒后才能跳出来，我很想说：继续喝酒吧，轩辕……

多少次在喝酒时，听轩辕亮出他的浑厚嗓子，唱一曲河南豫剧《朝阳沟》，人群顿时安静下来。有次在李白故里开诗会，轩辕酒后刚一亮嗓，我家乡喜欢戏曲的小妹就问："他是专业的哇？"轩辕就算不成为著名诗人，在舞台上肯定也是名角。

酒中酒后轩辕的有趣不需要证明，而轩辕的"帅"需要证明——

某次"磨铁读诗会"活动结束后，走在去饭店的路上，不知因什么事我跟沈浩波说起轩辕，我说轩辕好帅啊……正在向前赶路的沈浩波猛地刹住了脚，他惊异地问："你说什么？"我又说了一次。沈浩波仰天大笑，然后一连说了数个"靠"，他说他跟轩辕十几年的哥们儿了，他怎么可能帅呢？他哪里帅呢？他怎么会帅呢？我被问得更加惊异，我认识的轩辕和他认识的轩辕不是同一人吗？难道轩辕的帅他们看不到吗？沈浩波接连问了几个男诗人，男诗人要么默不作声，要么跟沈浩波一样惊讶，在场的女诗人都说轩辕"还是帅的"，男诗人们则不以为然，当西毒何殇把轩辕的照片发在一个女诗人较多的群，收集了大家的表态后，他郑重地说："女生们都觉得轩辕帅……"在场的男诗人都沉默了，沈浩波也沉默了，轩辕的帅，经过艰难证明，也就这样成立了……

轩辕周游在不同诗歌群落，跟每个群落都相处得那么好，尽管诗歌界像一个满身癌症肿瘤的病人，东一丛西一丛的肿瘤就是不同的诗歌群落，但轩辕悠游其间，染亦不染，不染亦染。我可以说他是生命力最强的癌细胞，也可以说他是一个无法命名的物种。他跟世界和解得那么好，不轻易得罪任何人，对什么人都露出和善的面孔。

某次我对轩辕抗议："你咋这么没有原则，你可以不这么世故吗？"轩辕说："原则算个屁，我都快五十了，还不世故，我就是个傻瓜。"我呆在那里说不出话，我像个活脱脱的傻瓜映衬着活明白了的轩辕。是的，他为什么要有原则呢？他为什么不能世故呢？

当读完《我和人群的暧昧关系》，我对轩辕若有所悟……

轩辕式的语境，轩辕式的写作，轩辕式的诗歌狂欢，轩辕式的触一发动全局，轩辕式的语言串通力……想到轩辕的诗歌，我脑子里就倾泻并可以持续倾泻出更多排比句。诗歌风格这么鲜活又鲜亮的诗人，我对他的不满又算什么呢？

在诗歌界，有些人在"做"诗，有些人在"作"诗，有些人在"想"诗，有些人在"硬写"诗，有些人在"考虑"诗，只有极少数人在创造，而只有创造才能跟艺术相匹配。轩辕的创造能力是少见的，他在创造中"飙"诗，人需要多少先天和后天的才华才能抵达"飙"诗的状态啊，如果在诗歌界一定要找出一个风流才子，轩辕能担当此名号。他有大开大合的内心力量，天马行空的想象力，质疑和解构的精神，幽默与反讽能力，这些都是他的兵器。每每想起轩辕的那些名作，诸如《太精彩了》《体操课》《阴间也有愚人节》《成吉思汗的部队没有粮草官》《鸡，诗意地栖居》等，就觉得我还是得去见见不再喝酒的轩辕，谁让他写出那么多我写不出来的杰作呢？

他只能是盛兴

一个少年正穿过迂回的长廊,风吹动他干净的头发,他行色匆匆,脸上是焦躁、不耐烦和他内在的纯净感混合在一起的光,他不理会四周的风景,他只是行色匆匆……这是我第一次见盛兴时的情景,每次想到盛兴都是这个场景,我忘了是在哪儿,这个场景仿佛可以四处移动。这个场景中的盛兴好像可以覆盖其他盛兴……

有次"磨铁诗歌奖"颁奖典礼后,在酒吧里,喝飘的盛兴对我说"诗歌界就看你和我了……",我一直相信酒后吐真言,听得胸口和眼睛一热,然后盛兴认真地跟我谈起了诗歌。但很快他又转身对轩辕说"诗歌界就看你和我了……",又很认真地和轩辕谈了一阵诗歌。接着他举着杯子对沈浩波说"诗歌界就看你和我了……",又是一轮认真地谈诗歌。铁打的盛兴流水的我们啊……后来见我们都不说话,盛兴说,"诗歌界就看我了。"接着又不那么情愿地补充,"诗歌界就看我们几个了……"

盛兴是迷人的,天才般的纯净的气息在他身上弥漫。不知道为什么,我总觉得,就算我们都被世俗污染得找不到自己了,盛兴也不会被污染。没人会质疑他的才华,但才华加勤奋才更让人心生敬畏。连续好几年了,盛兴每天强迫自己写六首诗,窥视他每天的写作成为我一度的爱好,我想:"小子,写,使劲写,我看你还能坚持多久……"他坚持下来了,并且好像已经从强迫转变成习惯。我宁愿把每天写六首诗当成一个自律的诗人对自己的囚禁,人不亲自把自己锁进这牢狱,怎么能看到另一个自己,又怎么能把写作潜能发挥到最大呢?人生中的很多东西,是被逼迫出来的。写作是否需要逼迫?盛兴给出了答案。自我的酷刑也许是打开自己的一种方式,盛兴固执而执着地对待自己的写作,打破了我一度崇尚的"让诗歌来找我"的信条。

现在的盛兴像一只勤劳的土拨鼠,他随意或有意地扒开任何一片土壤和草丛,都能从缝隙中找到一丝微光,他沿着这微光往下,在看似没诗的地方写诗,把看似毫无意义的细微日常写出了笃定的诗性意义,生活中的烂菜烂叶在他笔下往往都被倒腾成充满意外的诗歌。当很多人还在追问写作的意义、值得写还是不值得写等问题,"干就是了"成了盛兴的日常状态和自我态度。

  2022年9月12日-13日完成于北京,17日修改于鄂尔多斯

左：西娃　右：里所
2022年摄于北京

左：西娃　右：沈浩波
2019年摄于北京

2023年摄于北京，摄影：陈诗嫒（Boey Chen）

2023年摄于北京，摄影：陈诗嫒（Boey Chen）

西娃答方闲海六问

方闲海：尽管这是一个老生常谈的话题，但我还是想请教你关于如何处理诗歌题材和日常生活之间关系的经验。

西娃：很早以前，我就执着于身心灵合一地活着，尽管没有彻底做到，但一直尽力这么做。我仿佛是一个身怀利器或秘密使命的人，在这个世间走一遭，我希望保存某些种子里带来的天然品质，比如纯真、好奇、激情、对生命的探索欲、灵魂的光洁度等等，在诗歌题材的选择上，我是有洁癖的，除非这个题材真的触动了我的身心灵，否则我不会下手，哪怕可能因此有不少好诗歌从我指尖漏掉。

当下很多诗人都在强调日常写作，或者提出"诗歌就是日常"等口号，我不喜欢随众，更不喜欢大家都在干什么我就跟着干。诗歌不是我的日常，我更不会日常写作，我依然保存着"蝴蝶翅膀上的光辉不要轻易抚摸"的理性，日常生活让我厌倦和麻木，日常写作也容易导致惯性写作，我坚持认为诗歌写作需要有创造感和新鲜感。

经验确实是个好东西，但是有时也成为写作的障碍。诗人的存在，就是不停破除各种障碍。

方闲海：你的诗歌有非常神秘的宗教意识以及女性视角，你是否记得最早萌发这类写作意识的契机出现在何时何地？

西娃：不承认"你的诗歌有非常神秘的宗教意识"这句话，我不是一个观念先行的人，信仰佛教仅仅是因为很多生命的撕扯让我别无选择地走到了宗教里。我写了一些在常人看来具有"神秘意识"的诗歌，有人如果非要给我找到一个来源，就以为来自宗教，其实它们来自我的"感知"，某些看不见的物质与我的交会，产生了那样的诗歌；当然我在宗教里找到了一些暂时的答案，给了心灵一些释然。比如说我们平常看不见的香味、声音、词语、影子、梦境等，我觉知到它们的力量感、质感、生命，它们像家具一样实在，像活人一样鲜活地伴着我，这些并不来自宗教，而是来自体悟。很多人感知不到它们，但我在宗教修习中确认了它们的存在。

说到诗歌里的女性视角，我不肯定也不否认，这是没办法的事情，我没说女性视角不好，但我首先觉得自己是一个人，然后才是一个女人。很多男人都把我当哥们儿，没把我当女人看，也只有在我爱的男人面前，我才觉得自己是个女人，自然而然地回到女人状态。这些意识也影响着我的身心灵，从而影响着我的诗歌；但我确实是女人啊，很多东西是唯有女性才能感知和体会到的，来自女性的本能又实实在在地让我具有"女性视角"。挣脱女性视角或遵从女性视角，这是男人们爱说的话，女诗人在其中，自然就做了，或者没把这些当回事。

如果非要说这类写作意识萌发自哪里，我沿着一些线索去寻找——读的第一本小说是《封神演义》；19岁那年第一次听到《大悲咒》就泪流满面；出生在信仰之都西藏；有一次吃完太多的罂粟壳做的火锅后，躺在阳光下欢喜地看着另一个小小的自己在初夏的绿叶上跳啊跳，怎么也掉不下来……是这些原因吗？是它们导致我在22岁那年随手写了一首神神秘秘的诗歌吗？

其实都不是，我宁愿把这种被你称为"神秘"的气息归于转世的种子，或者归于与生俱来的东西，也是因为对生命的好奇和不解，我后来研究自己的生辰八字，在里面看到"华盖"，便有所释然。但这些依然不能探究到问题的本质，且当成疗愈自己、追寻心灵答案的一种方式吧。

方闲海：有否因自己的诗歌在网络发表而遭受过"网络暴力"？你如何看待诗歌和道德、社会正义等之间的关系？

西娃：这是个人人都陷在互联网里的时代，没遭受过网络暴力等于没在这个时代活过。一群对诗歌艺术毫无知觉的人，觉得什么都知道，什么都敢评判。网络把不同认知、不同层面的蝇营狗苟的人搅和在一起，让我终于形象地知道了什么叫大千世界。

诗歌跟道德、社会正义感没有丝毫关系，诗人应该超越这些，还应该超越更多。这些都是束缚、框架、人为设定，诗人该打破它们。人们很容易被这些看似好的、有理的东西席卷，但诗人不应该。诗歌也应该远离这些。

方闲海：研究精油和写诗歌，哪样给你的内心带来更多的愉悦体验？以你现在的生活认知，如果两样活动只能选择其一，你会舍弃哪样？

西娃：看到这个问题我手心就出汗，好像我一旦不小心，其中一个就会离我而去。

精油和诗歌，给我带来许多不同的内心体验与愉悦，没办法相比，犹如烟鬼和酒鬼在同一个人身上附身，带来的感受完全不同，但它们都可以让人飘起来。没办法，我喜欢一些飘的感觉，哪怕只是短暂地卸下压力。生活压力太大了，生活在憋屈中的人需要一些"毒"来缓解自己；精油充当着我的毒品，还有诗歌、香烟、酒，这些毒素以不同方式缓解着我的紧张。

很多累得不堪重负的日子，在音乐里闻各种香，这些大自然的味道让我慢慢解脱。无法时时写诗歌，很多时候没有感觉，也有那么些时日，厌倦一切文字，这个时候精油便成了慰藉我的物质；而在长久与精油交融的过程中，一些诗歌也随之产生，没有精油，很多诗歌也写不出来。

　　不要这么残酷，也别让我选择和舍弃。诗歌会伴随我后半生，精油也会，我已经没有太多追求了，就让它们陪伴我吧。说起来你不信，我生活中只剩下诗歌和精油了。当然，还必须告诉你，精油除了修补我的身心灵，也在养活我。想想年轻时，只有十块钱都活得像富翁，那时没有恐惧、焦虑和担忧；现在有了，经济在不停下滑，未来是吃草或吃土，完全没有把握。记得送女儿去留学的那几年，我受尽了没钱之苦，我本是一个很讨厌计算的人，那几年我却在不停计算着钱够不够用，下一笔钱在哪里，这种日子真让人发疯。

　　也就是说，精油慰藉了我身心灵的健康，也是我生存和经济的来源，它还是一份我热爱的工作。有了这个工作，我便再也不用去想自己写出的文字能不能赚钱、会不会带来声誉，多少有了想怎么写就怎么写的自由。

　　一旦没有诗歌，我又会觉得生命没意义，虽然生活本质上就是没意义，一切都没意义，但骨子里又渴望生命存在意义，于是我把写作当成生命的意义。同时，诗歌创造也带来"瘾君子"般的秘密快乐，既然手上有这把钥匙，为什么要舍弃呢？

　　就让诗歌和精油，一直留在我的生活和生命里，直到死去。

方闲海：你自己最喜欢的代表诗作是哪一首？能否介绍一下？

西娃：《你纹丝不动，像激情已过的男人》，我把它看作近期的代表作。它是一段痛苦的爱情经历的结晶，我本以为爱情再也别想伤害到我，男人也不会再伤害到我，自以为已经很强大了，可是，又错了，生活总是猛然带来一个人，意外进入你内心，敲碎你的自以为是。

　　中年人不应该在爱情里迷失，但2019年有整整一个月，我都在失眠，我一次次问自己男人是什么东西，爱情是什么东西，是不是真的存在爱情……这个人,带着我以为的爱情,把我的全部自信、骄傲、自尊、坚强,都摧毁了。这是不可原谅的,也让我对自己非常不满。人到中年,怎么还会因男人而绝望?怎么还会被所谓的爱情击倒?这首诗就在是这种状态下仓促写就的,里面带着中年的惊慌、绝望和无可奈何……

方闲海:你主要读什么书?写作习惯是什么?

西娃:我读书很杂,只能说说这半年读的一部分书。《菩提道次第广论》是今年苦读的一本;读得过瘾的是《卡巴拉智慧》《冥想:创造你梦想的生活》;《海奥华预言》也是一本很有趣的书;另一些书跟我现在的工作有关,让-克劳德·艾列纳的《香水:气味的炼金术》,莉齐·奥斯特罗姆的《香水:一个世纪的气味》,以及《药用精油学》《危险的味道》;还有两本去年读了今年还在读的《自私的基因》《上帝掷骰子吗》;诗歌文学方面的书读得不多,但把衣米一、熊芳等女诗人的诗集和何袜皮的新小说读完了,接下来准备读查尔斯·西米克的诗集《疯子》。

写作习惯是这样的:想写的时候猛写一阵,然后忘掉诗歌,好好生活、好好工作,等发现很久没写了,就又猛写一阵,像在给生命补漏,哈哈。

盛兴

向妻子吹牛的人终会声名大噪

盛兴的诗

一个糟老头

从我家门前经过时
他已经糟得要命了
他如同一个垃圾场的父亲
戴着一顶警察的帽子
是因为感到了威武
穿着女人的花鞋子
是因为感到了漂亮
噢！该死，他糟透了
我知他将继续糟下去
还是已经完美无缺
而警察突然就想把他拍死
如同一只苍蝇
而我却想喊一声爷爷
带我去你熟知的下水道
我还想看看你口袋里有没有黄金

1998.7.20

死亡之最

1997年我的初中同学王小红触电而死

女孩子不是电工

不是工厂工人

也不是学物理的理工科学生

和电毫无关系

女孩子还不能用劳动挣一分钱

触电而死绝对偶然

公元××××年××发明了电

我敢保证××××年以来

王小红是世界上所有电死的人当中

最好看的一位

1999.1.8

| 盛兴 |

春天的风

河北的草绿了
河南的草还枯黄着

是因为春天的风
吹到了河北
还没有吹到河南

现在春天的风
正穿过河面朝河南吹去
因此
河南的草马上就要绿了

2000.4.1

闪电

如果你想象了一道闪电
那么，它就是你的了

我曾经想象过一个女人
多年以后，我才得到她

如果你愿意
我会让一道闪电永远定格在你的屋顶上空

2015.6.1

我想长跪不起

在学校门口,两个中年妇女
在追赶一个清秀的女人
我担心着不要把她摁倒在地
她终于被摁倒在地了
我担心着不要撕烂她的粉裙子
她的粉裙子终于被撕烂了
我担心着不要扯她的头发
她的头发被扯下了一缕一缕
我担心着不要扇她的耳光
没有扇她的耳光
是用脚踹她的脸
嘴角泛出血沫
她把头埋进土里
脊背颤抖不已
现在我没有什么可担心的了
艳阳高照
这人间地狱
道德的钟声响起
孩子们放学了
围观的人群散去

2016.10.2

我还没有

我的腿还没有发抖

我还没有下跪

还没有道歉

我还没有喝多

还没有吃药

还没走

我还在

我在回家的路上徘徊

我还没有想出一个好玩的笑话

逗等在家里的孩子欢笑

2016.11.17

二十年生活倒退水波不兴

二十年前一起吃喝玩乐的发小宁小峰
先是当总经理的爹去世
被安排到一个分厂当厂长
两年后被撵到一个仓库干保管
再后来又去当了过磅员
前些年二胎一下生了俩
拥有了三个孩子
他先后戒掉了烟、酒等坏毛病
现在开上了大货车
每个月都跑一次内蒙
二十年生活行云流水
稀里哗啦
我问　这二十年就没有一点是好的吗
他回答　有，大便变好了
按时按点
又粗又长

2018.2.23

男人丙

妻子回家后对地上的一根长头发提出质疑
他恼羞成怒，一边高声骂妻子是神经病是疯子
一边捡起那根长头发像扔石头一样狠狠地朝窗外扔去
但头发很不听话，飘飘悠悠地又落到他脚下
这终于使他安静了下来
"说吧，你到底想怎么样？"

2018.3.16

梦回故乡

昨夜梦回故乡
和二婶、三婶对骂,一人迎战两个当地知名泼妇
文思泉涌,脏话如潮,瞬间将二人放倒
就家族那点破事,早就看透了三十年
二人倒地舒腿高声哭娘
这就算我完胜
早上醒来,嘴角仍有唾沫,心有大舒服
故乡了然于胸
也算给死去的妈出了一口恶气

2018.4.12

一道闪电把父母隔开

父亲让母亲从面前消失

爹让娘滚蛋

父亲称母亲是丧门星

爹骂娘是倒霉娘儿们

父亲推搡母亲

爹把娘摁住揍个半死

父亲从没牵过母亲的手

爹把娘的手拧到背后让她双膝跪地

父亲母亲是书面语

爹娘是口语

相比于爹对娘

父亲对母亲算是客气的了

2018.6.7

猴

她在会议室门口
做了一个抓耳挠腮的动作后就回去了
而他一眼就看明白了
今晚的约会取消
这个动作代表了猴子
侯是一个姓氏
办公室主任姓侯
此刻侯主任正在主持召开会议
他开的会一般到很晚才会结束

2018.7.7

咸鸭蛋

老太太用菜刀把咸鸭蛋一劈两半儿

递给她的两个孙子

金色的蛋黄又黏又油

粘在刀刃上了一些

老太太就伸出舌头一点一点舔干净

家里人经常见到这样的场景

老太太站在两个孙子身后

拿着把菜刀一遍遍舔着刀刃

2018.9.4

给贾强的信

贾强的妈妈不识字
小学一年级时
我去找贾强玩
只有他妈妈一个人在家
我就用桌上的信纸写了封信
请她交给贾强
贾强妈妈攥着这封信
在家门口等到天黑
好不容易等到贾强回来
贾强拿到信
打开一看
上面写着
"贾强你好,
我来找你玩,
你不在,
我走了"

2018.11.15

南方南方

单位派他俩去南方培训
本来并不熟悉的男女二人
在一起吃饭　上课　散步　道晚安
从早到晚
男的开玩笑说
这样下去，咱俩别出事儿啊
女的说
出事儿就出事儿，谁怕谁啊
男的说
你说的啊
女的说
我就说了，怎么样
然后，两个人紧紧抱在一起
哭了

2018.12.12

白人的血

1996年我们那儿的塑料机械厂
请来了欧洲工程师做指导
这个比利时胖子一到晚上
就在街上饭店喝啤酒
喝了酒就冲着姑娘大喊大叫
那天他对着柱子的马子吹口哨
柱子上去就是一酒瓶子
血顺着比利时胖子的脸就淌下来了
淌过毛烘烘的胸脯
淌过毛茸茸的胳膊
淌过毛丛丛的熊掌
血始终在银色的毛下淌过
他的毛可真多啊
那还是我们第一次见
白人的血

2019.4.23

自己酿酒自己喝

小区门口精酿啤酒屋
开业一个多月了
顾客几乎绝迹
我是唯一的常客
四个股东都十八九岁
这天
其中一个一脚踹在酿罐上骂道
"关门　妈的不卖了
咱哥儿几个自己全喝了"
他转过头来
指着我说
"让这个人也滚蛋"

2019.5.5

未来之诗：Belly酒吧

我和贾强在 Belly 酒吧

玩瞪大眼睛游戏

一共玩了十二局

我赢了十一局

喝了十一杯秋葵蒸酒

眼睛都虚脱了

贾强只赢了一局

喝了一杯

有些困了

贾强说

五十年前

喝掉十一杯酒的荣幸就归我

那时输了才喝酒

完全不像现在这样乏味

和空洞

过了会儿他又说

那真是个伟大的时代

"输了才喝酒"

而每个人都想赢

2019.5.20

抹了脖子的鸡

在一对外地夫妇的小馆喝羊汤
电视上演了一个聋哑女博士
我说"真不容易啊"
女人问"人在世上哪有容易的?"
还有一次
我说"这么冷的天真是活受罪啊"
女人转过头来问
"人在世上谁不是活受罪?"
这天我有点故意地说
"你看街上的人都是挣命啊"
结果这次是男人先接话说
"就像抹了脖子的鸡"
女人问
"人在世上谁不像抹了脖子的鸡?"

2019.10.11

一个冬天的晚上

小时候我姐一天到晚总爱哭

一个冬天的晚上

我哥趴桌上做作业

炉子早灭了

天太冷了

我哥拿着钢笔

跑到我姐面前

用她的泪水润了润笔头

转身回去继续做作业

2019.11.14

恋人

周末在商场休息区
他看到一个
以前曾相恋得发疯的女人
怀里抱着个孩子在喂奶
他走上前去
像捏充气囊一样
捏了几下她的乳房
她怀里那个白白胖胖的娃娃
噎得直翻白眼

2019.11.22

拉链

爹的同事李叔精神一直不太好
彻底疯透是因为
1985年刚刚兴起带拉链的衣服
李叔买了件夹克
拉链绞在一起
他整整一天都没有
扯开

2019.12.12

一个窒息的梦

一切都在说话

对面喝酒的人在说话

餐盘桌椅也在说话

群山在说话

门外的星空在说话

我出生地的牛羊也在说话

儿时的哑巴在说话

一字一句

飘扬的旗帜在说话

喉咙撕裂

河流也在说话

满嘴的泥沙

2020.4.8

种庄稼的人看电影

1988年在小镇集市广场
看了一部电影
秋虫齐鸣的夜晚
一男一女在瓜棚里说话
男的说
"收了西瓜,把瓜秧沤进土里
再种玉米
寒露时肯定收不少"
女的说
"你只会说庄稼话吗?"
男的说
"庄稼人不说庄稼话说啥话?"
看电影的人都哄笑起来
我之所以忘不了
就是因为那些庄稼人的哄笑

2020.8.12

向妻子吹牛的人终会声名大噪

1955年高中毕业的
雷蒙德·卡佛一家常常吃不上饭
他总对十五岁的妻子玛丽安说
"相信我亲爱的
他们争相发表我的小说
闹作一团
一笔数目最合适的钱最终胜利
并将很快来到我的账户上"
1900年阿尔伯特·爱因斯坦
从苏黎士瑞士联邦理工学院毕业
为谋求一份助理的职务
他给二十几位学院教授写信
都是不容置疑的口吻
"相信我们会有很好的合作"
他对妻子米列娃说
"给我这样一位卓越的年轻人
回信是需要费一些思量的
有二十几封洋溢着美誉与赞叹
的信件正星夜兼程朝我这儿赶
到时候　你可得帮我拿个主意"
而近期我把单位发的两千元取暖费
转给妻子并留言
"本月的一小笔稿费

不足挂齿"

2020.10.29

生命中的某一天

当他走出家门
绕到屋子后面
那儿有一道斜坡
两边种着梧桐树
他听到大儿子
别别扭扭的钢琴声
小儿子骑着那匹瘸腿的木马
吧嗒吧嗒
妻子边咳嗽边打着电话
保姆在南边的阳台上
扑扑扑
冲着阳光甩衣裳
当他攀上坡顶
看到的和听到的如出一辙
他看到屋子里
每一个人身上
都笼罩着一圈光芒
妻子的光芒
大儿子的光芒
小儿子的光芒
保姆的光芒

2020.11.12

奇怪的好事者

1993年读初一
班上一个叫朱山的打了我一顿
有人跑去另一个班
告诉了朱山的双胞胎兄弟朱河
朱河也跑来打了我一顿

2020.12.8

五彩石

小学时贾强从河边捡了一块五彩石

我想得到这块石头

就苦苦地哀求他

"给我吧给我吧给我吧"

从他捡到石头的那个黄昏起

中间除去放学回家

所有的时间我都蹭在贾强身边

念那个咒语

"给我吧给我吧给我吧"

直到一周后的一个黄昏

贾强把我带到河边

把那块五彩石交到我手里

然后转身

又捡了一块比这块更好看的

2021.1.18

梦 女人 彩蛋

梦中的女人

当你贴近她

没有一个会拒绝你

有一个好像是个例外

她拔腿就跑

我拼命地追

她一直跑回家里

关上门

不过是在我钻进屋去

之后

2021.3.11

内部的热烈的

这一天不知是什么日子?
尿格外调皮
沿着包皮来到我的手指上
如同雨滴沿着电线跑
从手指上
接着来到手腕上以及胳膊上
胳膊肘处
欢快地跳下去
腹中在开一个烧烤party
滋啦滋啦地烧灼
输出了滚烫的羊油
多么热烈　内部的
多么激动　在底层
用火辣辣的事实说话
不提半个"老"字

2021.3.11

早晨一个妇人在包子铺团团转

她带走一笼素包

又转回身来

扯了一个塑料袋

依次装上咸菜　辣椒面　醋

走到门口

又转回身来

坐到我前面的位置

把塑料袋里的包子

及咸菜　辣椒面　醋全部吃掉

然后她站起身来

走到门口

忽然又转回身来

带上一笼肉包

扯了一个塑料袋

依次装上咸菜　醋　辣椒面

出门而去

消失不见

2021.3.16

炉火旁的兄弟姐妹

漫长的冬天

兄弟姐妹们坐在炉边打瞌睡

烧水壶轻声呜咽

我一直在研究

当窗玻璃上出现一层哈气

是说明屋子里更暖和?

还是外面更冷?

姐姐说

这必然是个不解之谜

我哥说"这很简单

你在哈气上画个小人头

若他的眼睛流泪

就是屋子里更暖和

若他的眼睛不流泪

就是外面更冷"

2021.3.29

这个故事讲完了谢谢大家

从前有个老头

就在我家后面

经营一家水产店

一辈子攒了两千多万

在小城也算小有名气

他有两个儿子

老大和老二

他死的时候

把名下的所有财产

都给了老大

老二没有得到半个子儿

2021.5.16

爱无定论

他知道
她喜欢他的一个朋友
因此
他和这个朋友吃饭时
就带上她
他在旁边看着
她托着腮痴痴地看着
他的这个朋友的举手投足
他断定
他的这个朋友也喜欢她
见到她总是兴奋不已
他俩开他的玩笑
他的邋遢　酗酒及写诗
他欲要说话
她突然断喝"闭嘴"
回去的路上
他走在前面
她和他的朋友走在后面
他踢着法桐斑驳的影子
爱无定论
做一切能让她开心的事
心无正形
只需克服破碎

2021.5.21

想起一个骨瘦如柴的女人

因为尝试过67种姿式

爱不可谓不技艺精湛　殚精竭虑

因为流过两次产

爱不可谓不生死攸关　生灵涂炭

因为爱她的原因是

"她爱我"

爱不可谓不水乳交融　电光石火

因为不再爱我的原因是

"我不再爱她"

爱不可谓不两手空空　长梦无痕

2021.5.26

年轻人就喜欢黏在一起怀抱不离

烈日炎炎树荫下的

石凳上

她坐在我的腿上

躺在我的怀里

天气太热了

汗津津的

她抬起屁股

转身

把双腿塞到我的双腿下

立刻又变成了

我坐在她的腿上

躺在她的怀里

2021.5.26

丧偶的男人

他丧偶之后
所有朋友都挨个儿请他吃了一次饭
他找了个年轻的女孩儿
所有朋友又挨个儿请他吃了一次饭
他觉得理所应当
所有朋友都觉得理所应当
他和年轻的女孩儿结了婚
朋友们当然要随份子吃饭
他和年轻的女孩儿生了孩子
去恭贺的朋友
已经很少了
朋友们有些累了
似乎无力奉陪到底了
无力陪他走得更远了
现在几个朋友偶尔相聚
常常想念他
死去的妻子

2021.6.6

楼下小院

从阳台上我看到
楼下待拆平房的院里
那个女人在给他的瘫老公洗澡
在一个大铁盆里
男人垂着头
坐在那里
任由女人摆布
洗完之后
女人从背后把他抱出来
他的腿又白又长
软绵绵的
从盆里升起来
去年的时候我也曾
看到过这样的场景
前年则没有
前年我只看到过那只大铁盆
在冬天
盛着满满一盆雪

2021.6.12

断了线的珠子

她的珍珠项链断了
散落一地
"这就是传说中的
断了线的珠子啊"
滚到了床下
掉到床上的毯子里
滚到了梳妆台边
弹进了衣橱
蹦进了拖鞋里
……
然后她撤离卧室
我趴在地上
一颗一颗地捡
最顽固的一颗
在床腿的雕花孔里
用铁丝将其剔出来
她出门去了
我打电话给她
"请放心
53颗一颗也不少
我把它们放到了一个碗里"

2021.6.16

在父亲面前我常常迷失我自己

上完坟从林地里出来

来到树下的汽车旁

爹打开车后座的门

坐进去

我也随之打开另一侧车后座的门

坐进去

这样我们父子就坐在了一起

我爹侧头看了我一会儿

那个像八大山人画的鸟一样的眼神

令我发毛

我爹说

"那么谁来开车呢？"

2021.6.16

命运的展示

14岁那年
贾强在河边向我们展示了
他的绝活
——
弯腰用嘴巴咬住自己的胯下之物
多年之后
我想
那何尝不是一种命运的展示
"自足而悲苦"

2021.6.22

忧伤的蚂蚱小提琴

十六岁与第一个女友分手
我跑到镇子北边的山上
躺在树荫里
一只蚂蚱爬到我的手背上
我把它捏起来
送进嘴里吃了
留下一根带锯齿的大腿
我拿它在胳膊上锯着
一道一道白色的锯痕

2021.6.29

至暗时刻

他发现妻子裙子上
有块类似精斑的东西
他趴上去
闻了又闻
这是人类史上
男人
最像狗的一刻

2021.8.7

佛像店

在卖佛像的门店里
有客人来
她就从墙上取下一把钥匙
在前面带路
来到后院里
出去大门
钻进胡同口的一个出租屋里
有时候
是真的来看佛像的客人
她照样从墙上取下钥匙
带进胡同口的出租屋里
之后
客人直接从胡同里走到大街上
不再回来
看佛像了

2021.9.12

老爱人

年龄最大的一个爱人

他从不知道

皱纹舔起来

竟是如此粗粝

如此美味

他也不知道

皱纹才是

一个老女人的G点

当你的舌头滑过

这些雉鸡的秃尾巴

或者牛奶皮子

她就会

忘情

战栗

像在病床上一样

痛苦地呻吟

2021.11.8

生命中的第一次

盛兴

荒地上土房小
假山堆出方向
堆几个一起斜坡
地方种着几棵树
地听到小儿子
别扭拨弄的钢琴声
小儿子跟着那低沉肥胖的鸭
吧嗒吧嗒
妻子还咳嗽也讲着童话
绕过云朵边的阳光里
扑扑扑
冲着阳光用力咳
地球翻一页似的
像孩小的和听到小的都吃一惊
他爬到沙发上
画一个小笑脸
却发觉翻一页以后
妻子的笑声
大儿子的笑声
小儿子的笑声
得妈的笑声
2020·11·12

写诗成性

盛兴

1998年至2021年，四十五首诗跨越了二十三年，我自己选的那一部分，有些随意，我刻意随意地选，就是为了避开"代表性"。一首诗代表不了诗人，也代表不了其他诗，只能代表这首诗自己。作为一个现代主义的追随者，我并不想做一个代表作的产出者，那几乎就是功成名就式的腐朽或救命稻草般的虚弱，我需要的是相当可观的数量刺激、满足感以及对身体和生活的重大影响。我写诗成性。

我苦苦追求的诗歌的"真实"，经历了以下三个阶段。

诗歌是诗人和诗之间的关系，这个关系是真实。这种真实映照了诗人，启发诗人写下了诗，诗人写下的诗是一个真实的美学产物，此真实消解了彼真实，产生即消解。诗人和诗之间要维持关系，所以要有新的真实产生，不断地有新的真实产生，所以诗歌是未来之物，所以需要不停地写诗，一再地填满作为一个诗人的空虚，以此维持诗人和诗之间"真实"的存在。

我一再地在自己的诗中去除形容、象征、隐喻，尽量不打比方，努力保持现实和文字之间的平衡，一再地避免道德和情感凌驾于诗之上，不抒怀也不发表意见，努力保持诗歌和身体之间的平衡，这种平衡打破了主观和客观的二元对峙，使身体成为一个只具"自身意义"的"实体"，这种平衡就是真实。

生活内外所发生的一切事情，都可以随意地被写成诗，没有什么不可以写成诗，也没有什么能成为诗的障碍，所谓真实在现实中其实并不真实存在，真实并不值得去思考，思考真实就是在钻牛角尖，是愚蠢的行径，每个诗人都应该忘掉真实。就如同画一幅油画，无限地接近一幅摄影作品,这种真实就变得毫无意义,但你还是得画下去,无限趋近一种叫"真实"的东西,但你清楚那永远不会和真实重合;也如同你发现了一个灵魂的出窍口,当你发现这个灵魂的出窍口时,你的灵魂已经出窍了,你永远无法返回去用这个出窍口的视角去思考生活,它和生活是同步共存的。

这三个阶段代表着从逻辑思维到身体感悟,再到虚无和空茫,而虚无和空茫让我感到一身轻松。这些年我就是在对诗歌形式的厌倦中走过来的,如今思考自己的生活多于思考诗歌,或者说,以思考生活的方式去思考诗歌,这是一个幸福的开端,当你心无旁骛地以一个诗人的自觉活着,生命的一切问题都成了诗歌的问题。

目前,汉语诗歌现代性的一个根本问题,是缺少诗人"个体样本"的问题,也就是"人本"的问题,骨子里的诗人少之又少。评判一首诗,我习惯看这首诗里有没有诗人本人,评判一个诗人,我也习惯看他是不是面目清晰。

西娃的诗中充斥着悲悯气质,但她的那种悲悯不是悲悯众生的悲悯,而是悲悯某一个人或某一件事的悲悯,这种批判式的悲悯,恰恰更容易启发人对于自我进行深层关照。和一般的佛教信奉者不同,在西娃的诗里罕见忏悔,我理解的是,她自然而然,理智清醒,从不做下使自己后悔的事情,她亦从不自恋,她诗意中的自我呈现深刻而冰冷,就像给世人浇了一盆凉水。

里所是我所认为的年轻一代里最"结实"的女诗人,她的出现给了"敏感过度神经质式"和"放空式"女性诗歌模板一个有力的对照,曾经我以为这缘于她扎实的诗歌修养,以及修辞加口语的先锋实践,但现在我一再意识到了她诗歌中的身体性,温情的涌动的,柔软的欲望的,分裂的进攻的。她洋溢于每一首诗里的身体美学,如歌如泣,宛如当年的伊蕾和翟永明。不同的是,伊蕾和翟永明她们是在一个压抑年代里的身体觉醒,而里所是身体觉醒之后的生命力蔓延,"拥抱交合与诞生的暴力"。

有谁知道,轩辕轼轲诗歌的精神实质其实是"忧伤",他一生仿佛都在构筑一座想象中的忧伤金字塔。作为亲兄弟，我太了解他，诗句恣肆纵情，内心如火亦如风，他是一个表里如一的人，一个真正的生活者，一个诗人的样本。他的诗，看似在飙排比句、飙知识点、飙想象力，实则更是在飙他自己，一个车轮滚滚、浩浩汤汤的自己。

沈浩波好像一直在用一种至高的标准要求自己，我理解的是，他在不停地摆脱"语感"和"诗意腔"，而追求一种"超级自然"，目前他好像已经做到了。沈浩波一直是诗歌先锋的身体力行者，从他那里我意识到了两点，一是一个诗人的诗要走在观念的前面，观念是后置的，唯有此，观念才有价值，观念是用来摆脱的，这是先锋的意义；二是在这个时代，观念如果不能得到有力阐释而产生最大的影响力，就会被另外的观念伤害或者吃掉，这也是先锋的意义。

左：轩辕轼轲　右：盛兴
2018年摄于四川江油

从左到右依次为：轩辕轼轲、里所、盛兴、春树
2017年摄于北京

2023年摄于北京，摄影：陈诗媛（Boey Chen）

2023年摄于北京，摄影：陈诗媛（Boey Chen）

盛兴答方闲海六问

方闲海：你现在还保持每天写六首诗吗？跟二十年前那个被诗坛美誉为"诗歌天才"的你相比，如今你觉得自己的诗歌有什么变化？

盛兴：从2019年6月一直到现在，我保持每天写六首诗，已经四年多了。二十年前我被命名为"天才"，现在我是在主动认领这个"天才"。我觉得我的诗歌没有太大的变化，只不过现在进行的是一种有着明晰观念的写作，更加自觉，一个天才到了中年，才情也所剩无几了，只能靠刻苦努力了。

方闲海：如果现在有人赠送你一百万元人民币并要求你在两年内停止写诗，并且要你戒酒，你是否愿意？为什么？

盛兴：哇，这问题问得就好像我写诗、喝酒得罪了有钱人一样，也类似有人要"花钱买我一条腿"。或许这根本不是一个问题，没有一个掣肘点，对我构不成要挟和利诱。实际上我几乎每天都有戒酒的冲动，豪饮的兴奋总会回报以漫长的身体苦痛，周而复始，真是厌倦了。另外，即使不言身体，如此喝法，人铁定会废，真正堪称顶级的观念还没有去践行，伟大的诗篇也还没有写出来，岂不太可惜了？

关于"停止写诗"，无非就是写作的一个外在面貌，我每天写六首诗，用自己的公众号发出来，最高阅读量也就一二百，有时只有四五十，点开的人也未必真的会读，那些扬言喜欢我诗的人也未必真的会读,而且我敢保证,肯定有很多人对我一天六首这种做派厌烦透顶。我跟作协签过一个约,但评审去年创作情况时严重不达标,对他们来说不能在正式期刊发表,写得再多也没有用,连奖金都泡汤了。从这一点来说,其实也无所谓停止不停止了,历来不都是这么悄无声息地自己写给自己看吗?

方闲海:你是否认同并自愿追随"口语写作"这个汉语诗歌潮流?

盛兴:我向来不认同"口语写作"这种粗陋提法,更谈不上追随。诗歌走到今天,现代性使然,用口语写诗是不二道路,我认为任何年代的诗歌若不存在于历史当下的现代性里,那么可能连诗都不算。用口语写诗,也绝非一股汉语诗歌潮流,那其实是汉语的生长进入到了一个身体性和生命力最旺盛的时期。

方闲海:多年前的诗坛上,有一些诗人认为自己正生逢盛世,并相信当代中国将出现一批可比拟盛唐的优秀诗人,甚至出现"当代李白"(一个浪漫主义式的伟大诗人)。在这个风云莫测的时代,你如何认识此类现象?

盛兴:在中国古代,一个足以和诗歌盛世相匹配的诗人只要活着就一定能被世人指认,在西方,一个真正的大师,即便死去多年,也可以突然升空,光耀全世界,这是说一个真正伟大的诗人无论如何都不可能被埋没。而在今天的此地,你即便对诗歌抱有最悲观的预期,还是不够你去失望的。不是这个时代在和诗人作对,而是这个时代根本就不需要诗人,但这个时代不需要诗人并不代表诗人在这个时代没有价值,实际上诗人的价值在任何时代都不会变,只不过真正的诗人在这个时代会被真正地埋没,死了则更无出头之日。一个诗人认为自己生逢盛世，说明他本人就是盛世的一部分，说彻底点就是声称生逢盛世的这部分诗人埋没了极少数真正有价值的诗人，劣币驱逐了良币。

方闲海：你自己最喜欢的代表诗作是哪一首？能否介绍一下？

盛兴：自己的诗里面，我从没有做过最喜欢、最不喜欢的比较，上周的诗中有一首叫《兄弟在漫漫长夜里》，我非常喜欢，读了好多遍。它代表了一种类型：事实如何虚构无关紧要，但情感的真实具有无限价值。

方闲海：你主要读什么书？写作习惯是什么？

盛兴：几年前我读陈超先生的《生命诗学论稿》，也读布劳提根的《在美国钓鳟鱼》，以及一些传记，爱因斯坦、贝多芬的，苏轼、李叔同的，偶尔读一读乔伊斯的《尤利西斯》。这两年只读维特根斯坦的《逻辑哲学论》，读得很费劲，经常读了近一半又不得不返回来重新读，就像是走错了路掉头回来重新走。我写作没有什么习惯，在工作和生活的间隙能写则写，没有间隙的时候就加夜班。

里所

一个满身风暴的女人
是极易自燃的磷石

里所的诗

奇迹的喀什

九点四十三分

天还没有黑

沙漠尽头

轻浮的合欢花

在富足的阳光里

等待爱情降临

我朝着与落日相反的方向

奔跑

快一步站在夜的疆域里

听见整座城市

生殖、繁衍的声音

在喀什

什么都是干燥的

包括情人的眼睛和嘴唇

2008

白色蝙蝠

一只白色的蝙蝠
从暗夜出发
飞在白昼的光中
孤独而骄傲
不被它的王庇护

它患上了要命的白化病
却必须从夜里挣脱
飞向白光
炽热的太阳
烧伤了它的眼睛和皮肤

就是一只白化病蝙蝠
翅膀正在消失
那处可以藏身的黑色
它已经到达不了

近在眼前的幻觉
加速跌落的毁灭

2010

火车过宁夏的某个村庄

落日正沉入羊群吃过草的低地

金边的云朵

享受了最后一刻

幸福的光辉

树木渐渐多起来

田间向日葵

花儿小朵

羞答答包起隐秘

夏末黄昏

西北的天空

仿佛靠近了大海

蓝的和黑的部分

都多了几分滴水的温柔

移动

起伏

以植物的方式

把信仰洗上三遍

2011

故事

我们在蓝色的水面,
交换了彼此。
室外有光透进来,
这私人生活的墙上,
挂满了电影剧照。

在等什么呢?
你像演戏般需要着我。
自欺欺人的风暴,
钻进一个坚硬的死角。

而我多么易碎,
今天我们尚在一起。
对于将来,我模棱两可。
我的好和我的恶一样多,
这你早该知道。
我总能听见眩晕的水声,
奏鸣着剧终的尾音,
絮絮叨叨,像是不远了。

多年后我开始怀念你,
我在房间里,点燃了海洋。

2013

星期三的珍珠船

当秋天进入恒定的时序
我就开始敲敲打打
着手研磨智慧的药剂
苦得还不够,我想
只是偶尔反刍那些黏稠的记忆
就足以沉默
要一声不出地吞下鱼骨
要消化那块锈蚀的铁
我想着这一生
最好只在一座桥上结网
不停地画线
再指挥它们构建命运的几何
我必定会在某一个星期三
等到一艘装满珍珠的船来

2015

霜降之夜

霜降的雨水此刻在响
我释放的盐挂在脸上还未洗去
早早就躺下了,床头的灯光照着
那个疯狂而疲倦的场景慢慢退去
我们都豢养起猛兽,柔软下来
你虚弱地陷在椅子里
读了一段白天的日记

这是个完美的世界,因为我们还能
击溃对方
多么费解的矛盾:我们的精神
并没有融进,我们的身体

我们不停追逐着它
充沛的花冠,脱尽了水分
在霜降之夜
我已交不出我的性,用于救你

2015

来自幼儿的观察

晚间的地铁上
一个三四岁的孩子在看我
眼里带着对陌生事物的探究
面对一个幼儿固执的凝视
我在与他目光相对的时候
感到心中一震
也许他读走了我的秘密
即使我戴着口罩
他的眼神分明说出
他已经全部知道
于是借助他的视角
我看了一遍自己

这个吐火的人
从内而外都烧着了
她极力把焦灼的心
置于冰水或激流
她打着摆子
却热得要命

再看那个小孩
依旧洞悉世事般忽闪着眼睛
就像他真的明白了

一个满身风暴的女人
是极易自燃的磷石

2016

刺

记不记得

有个黄昏

一对刺猬

在湖边的草丛里

交配

它们身上密集的刺

和蓬勃的

性器

震动了一整湖的水

2016

即兴曲

文身的针很细,说不疼是假的
可两年来,不就是在练习
对各种痛感的忍耐吗
失眠和债务都是其中最小的部分
我什么都解释不了,比如
骤起的情绪。比如为何一定要歇斯底里
捍卫令人悲哀的尊严

只要盯着一个有规律的物体
缓缓下落的沙漏、绿色熔岩灯、舔自己的猫咪
就能忽略掉一小排细细的针,正文过皮肤
我是女人。疼痛时尚有事可做
仅擦地板一项,就需要两个小时
我还能在煮饭时,忽然就想起
刚入冬不久的一天,早晨
有人在大雪中结婚。
一辆装饰着玫瑰和气球的婚车
驶过熙攘的十字街口

2016

板集

晚餐在一间小屋
五个人围坐
那张清末的方桌
奶奶有不吃晚饭的习惯
她看着我们
灯光下的几辈人埋头餐饮
正进行着结束一天的最后仪式
这里的时间都用日出日落
和一日三餐切分
生病的人随便在身上挨一刀
休养几个月成为永远的病人
酗酒的醉汉双眼浮肿
出没三天消失五天
老年人都在担心他们的龙头拐杖
木头碎了怎么拼也不能还原
死神总是站在门口几米之外
如瞎子磨刀，大喊一声
——快了

2016

喀什

牌楼下几个卖旧货的
维吾尔族老人
揣着手蹲坐成一排
黑帽白髯
像几只歇脚的大鸟
尚在隆冬
老城的天空通透如冰块
散射着白色的寒光
不远处的铜匠铺叮当作响
那些挥手嬉戏的小孩
从风中飞落到屋顶的鸽子
猛地回过头来咩叫的
短尾绵羊
都按着某种神秘的旨意
铺排在巴扎之上
喀什的天空是一个巨型放大镜
这座被太阳和月亮
共同搅拌的城市
一直在飘浮着上升
如那些老者呼出的热气
如必定受难的灵魂

2017

岩兰草——致西娃

她拿出数十种精油
植物内部的力量在萃取之后
抵达我们的手心

有一种来自热带沙漠腹地
植株的根必须扎进沙土深处
才能获得生长所需
蔓长的根须一寸一寸
汲取的大地能量
奉献出此刻琥珀色的液体

她滴了几滴在我胸口
以手掌的柔力缓缓按抚我的乳房
微微的热在那里腾起
一种低沉而深厚的气息随之化开
我看见她的面容
有慈爱者的光芒
我想起她说过
岩兰草的气息
是那么多精油中唯一令她闻之
默默流泪的气息
而此时

大地的爱和一种类似母亲的爱

被我轻易地感知

2017

梦

如果把梦做得很大很空
就用汉字"门"去形容它
早晨便可打开这个梦
等你探着步子进去
也许应该把你关在里面
一个恶作剧
把你关进我粉色的身体

有时梦也小而结实
像一粒榛子
整夜你都在外面"咔咔"嗑它
用你的鱼嘴
等这颗坚果感到了痒
我就一定能清醒过来
而你却躺在一片奶白色之上
因为贪吃了太多的梦
你已睡熟

2017

太阳的魔术

在圣彼得堡郊外
雪花挂坠森林
冷杉、松树和桦树
透发着银白的暗光
稍远处平阔的雪原
飞过几只黑鸟
素缎般的寂静铺满临近极夜的天空
太阳突然睁开被云层包裹的眼睛
从两片眼皮中
挤出一股强烈的光芒
刹那间树梢都被黄金点燃
火线迅速蔓延
从一棵树传染给另一棵树
直到森林上下
金色和银色相互亲吻
草飞驰而过
乌鸟的翅膀镀上亮边
太阳一路吐着火扑进海湾
金色构成了世界的麻药

2017

豪猪

一个男人发出奇怪的声音
冬夜我从他身边快步走过时
豪猪,这个词跳了出来
醉酒让一个人接近了动物
不,接近了我想象中的动物
我什么时候见过一只真正的豪猪呢
从来没有

2018

鹅

当它伸长脖子直刺前方
扇开翅膀
啸叫着在我身后追咬
我吓得大哭起来
白鹅冠顶的肉瘤饱满而肿胀
两粒机警的小眼睛
闪着执拗的光
像极了一架直升机与一条蛇的
混合体

父亲一脚踹飞了那鹅
拽起我的毛衣领子
把我拎到自行车上
"你知道鹅为什么敢
追比它大很多倍的人吗"
见我摇头
父亲说鹅的眼睛
像一个凸透镜
它所看到的一切事物
都变得很小很小
它才总有巨大的自信

多年以后我想起这场对话

眼见父亲种种集勇气
自负于一身的时刻
眼见他经受的每一次挫败
我终于知道了
父亲就是那只鹅

2018

文学与爱情

认识不久
我和他
还有他的朋友
傍晚在湖边散步
然后拐弯去小商店
买了三罐啤酒
我们坐在商店对面的
公交车站边喝边聊
他俩都是艺术青年
对世界怀有
美好的
想象
我说我是学文学的
在他家乡不远的那个城市
读的大学
"文学！"
后来他说听我说出这个词语
他就心里发电发光
并爱上了我
他形容那种感觉
"像一根钉子
干脆地钉进木板。"

2018

尼亚加拉瀑布

数以万计起舞的水姬
摆动洁白的双腿
在北方的烈日下
汗水飘洒淋漓
闪着炸药的光芒

一大群白马飞奔过来
临崖腾起前蹄
却因为疾驰的惯性
纷纷坠落
嘶鸣声在谷底的深潭
慢慢合拢

尼亚加拉瀑布无始无终
如同上游的水神
忘了关上他巨大的龙头

2018

白桑椹

滨河路东边的墓地
曾是我们童年的
秘密园地
桑树结满饱胀的白果
白皙的汁水
迎着白亮的日光
在夜晚的磷火中
最勇敢的男孩
找到一块人骨
挥舞着在我们背后追跑
那年我十三岁
穿过滨河路回家的时候
看见一个死孩子
流淌着脑浆

2018

我妹妹说灵魂不需要身体

他不时发来问候

叮嘱她吃饭

所有相亲对象中

他是最平和的一个

在钢管厂工作

不善言辞但真心可见

有次他们吃了羊肉

我妹妹说羊肉好吃

不久他便说再去吃羊肉

有次天冷他大着胆子

问她是不是手冷

然后轻轻拉了她一下

她看见他少了三根手指

三根还是两根

她说反正我不在意

我妹妹说灵魂不需要身体

2018年

清明

一定是这个时候
一年之中
在北方
树叶
从暗色的枝条里
进出
每一片
都是新生的
鲜嫩
明亮
没有丝毫衰枯
生命的阳性
勃发着
祭奠亡灵
用一只璀璨的
绿色的手
把死亡锁进了年轮

2019

香气——致伊蕾

只要闻到面包在烤箱里

散发焦香

我就想她

正抱着一纸袋面包

从莫斯科深渊般的地铁里

优雅地走出来

餐巾高脚杯银质刀叉

总让我想她

想她的

真丝连衣裙羊毛衫

美好的物件

被她经手后

都会更香更有灵魂

所有花也都

让我想她

每一个夏天

我更想她

因为她说

夏天的身体上

遍开鲜花

如果我变得没有勇气

我就会特别想她

想她如何从生命中

淬炼出了"生"

与"命"

只要看到米粥

正溢出锅面

只要看着那些奶白色气泡

在迅疾升腾

我就忽然想她

就想好好活完一生

2019

吃龙虾那天

布法罗的阳光很白
他的牙齿在其中闪烁
没有树没有荫凉
我们的影子短到只能被
踩在脚下

大地上没有我们的婚床
也没有一间旅馆
可以放置我沸热的身体
他手心出着汗
我们甚至无法好好牵手

吃完龙虾我们就分别了
他用电影里的情节
警告我要懂得忘记
他说你要在四十五天内找到一个
匹配的伴侣不然
你就会被什么
东西吃掉

那天我在布法罗
等了他一夜
我梦见一架银色的飞机插进了

我的身体
醒来发现
月经染红了床单
就像初潮那次

2019

分手

几千里赶回去
他却没有出现
电话里劝她好好冷却
她像打夯机
边走边跺脚
一张脸哭成八爪鱼
她的乳房像打出的两个拳头
踉跄回到酒店
一口气烧完了
他们之间的情书
洁白的瓷马桶
被烧成
一个乌黑的洞

2019

睡在麦德林的神经上

这是隔音最差的房间
一点摩托碾过失眠的眼睛
两点跑车轧碎悬浮的身体
三点有人喊叫着杀进梦中
四点警车轰鸣
清晨能安静点吗
正这么想着
仿佛万只鸟雀齐飞过
楼下的树梢
响声大作
填满了楼与楼之间
的缝隙
麦德林的神经震跳着
飞进了黎明

2019

美国海军入睡法

控制一团意识

先把它运在大脑

那里正高速旋转

接着让它滑向喉咙

那里有一个尖叫的人

滑向胸腔

需要很多次深呼吸的胸腔

滑向乳房

需要被握住的乳房

滑向双臂

它们正在黑暗中无限延伸

滑向腹部

紧张得痉挛而忘记饥饿的胃

滑向粉色的三角地

滑向交叉的双腿

滑向抽筋的脚趾

直到那团意识

一寸寸

吃掉这架发疯的身体

2019

蜥蜴

他让我摸摸那只

红蜥蜴

可我真不敢

金红色革质齿状的鳞片

警觉的龟或蛇的头

都让我畏惧

而它的眼神与人类的眼神

相去那么远

他先做了示范

阳光中他的手像一把光钳

轻轻夹住蜥蜴长满刺的背

我看到那个小怪兽

四只脚爪颤抖着

紧紧扣住木板

和人类做爱时痉挛摆动的四肢

有种相通的无助脆弱感

终于我伸出了右手

蜥蜴的皮肤竟然很柔软

和我想的

完全不一样

2019

合欢

树荫跟着太阳

不停移动

我和妈妈换了三个地方

终于还是坐到了

姥姥晕倒再也没能醒来的

那条长椅上

那是在小广场北侧

两棵合欢树中间

妈妈简单向我描述了

初春的那个下午

她几点到的

医生是蹲在哪个位置进行抢救的

接着我们聊了更多她的生活

和我的生活

广场上飞跑的小孩

像一条条泥鳅

滑进日光的海中

妈妈说到如果等我

有了孩子

我朝她旁边坐了坐

我们左边因此有了更多位置

就像姥姥和我的孩子

都坐在了那里

2019

那时我们是真需要彼此

我们站在屋檐下

看姑姑家刚生产过的小母狗

瘦瘦却舒展地

卧在干草窝里

失去所有孩子后

她正慈爱地

奶着一只

饿晕了的流浪猫

这对跨越物种的母与子

奇妙地相拥在一起

回家路上紧紧

牵着手的我们

手心都出了汗

那天我们是真的

需要彼此

2019

男母亲

我总说他像小豹子
这没什么新意
女人喜欢把她们的男人
形容为豹子、虎、小狗
他的乳头就是这些动物
鼻尖的颜色
每当我像婴儿轻轻舔过
他就有了母马、鹿、绵羊
湿答答的神情
他小腹疝气手术的疤痕
仿佛做剖腹产时留下的
而我正好来自那里

2019

为你买一头大象

你说想要一头真的大象
这不太容易
我想了很久
找到一头非洲象
她曾是社交明星
36岁
名字和你的名字只差一字
刚从动物园退役不久
目前住在一个西部农场
仅需500元
我就能让你拥有她
一直到她死去
大象农场会给我们一张
认领证书
当然
你要和很多人一起拥有她
就像我知道
我一直都在和别人
分享你
好了付款完成
现在我们可以通过摄像头
观看你的大象
如何在河边饮水

2020

孪生

你来看因失眠而面目
变形的我
像一起躺在
同一个子宫里
你捧着我的脑袋
在我脸上画你家乡的地图
你指着我的右眼说
这里是北围墙
左眼：米家村
鼻子：建陵
人中：昭陵
而我上嘴唇的山王村
正起火出水泡
还没等你绕到我的下巴
——你出生的西北村
我就已经睡着了

2020

跨国惨案

平静的午后跨国电话
我和在法国的译者莫沫
隔空校对帕拉
读着《1957年的新闻》
智利"学生上街游行
像狗一样被屠杀"
莫沫忽然在电话里失声尖叫
狂怒的法语夹杂着几个
我能听懂的 NO
入室抢劫？厨房失火？
终于莫沫带着哭腔回到手机前
她说不好意思
它又抓住了一只小鸟
整个夏天它总是在抓鸟
让它接受抓鸟不对
就好像让人接受呼吸不对
一样难
对不起里所
我是在说我的猫
希望那只鸟是在装死
希望它还能活
我愣了一下说 OK
我们来看下一首

《死者独白》
"请勿在我坟墓前偷笑
我随时可能跳出棺材
出现在天空"

2020

卵子

无声地

我感到它正被排出

一颗亮晶晶的卵子

因无用而显得

特别完美

它应该逆向游走

向里

叩开子宫玫瑰色的大门

游进温热的黑暗深处

爆炸

炸毁一个新宇宙的

起点

完美

我的手指

正把这颗核弹

反推回它的轨道

2020

分头行动

很久没这样
晚上坐一起喝几杯
但浪漫是危险的
她忽然说
至少有187天
我们没像这样
坐在一起喝几杯
他端起酒一饮而尽
没有说话
她说你不爱我了
也一饮而尽
他再次端起酒杯
还是没有说话
几轮过后
她冲进厨房拿了一把刀
回到他身边说
你要不爱我了咱们就干杯
他端起酒杯的瞬间
一刀落在他胳膊上
啊——
派出所的人进来的时候
他们三岁的儿子
从睡梦中醒了

兴奋地说
警察叔叔
咱们分头行动吧

2020

11月28日黄昏

夕阳藏在一片
巨型白云里
像一个发光的鸟头
拖着整个天空
向南飞过雪原
一头扎进阴山
生出黑夜黑石黑树
以及
天上的圆月——
一枚未孵化的
鸟蛋

2020

在草原

牛群看着游人坐在路边
吃牛肉干

草地看着牛群
悠闲吃草

被吃的
都没有说话

2020

那几年

照片里
她都挂着蒙昧的一张脸
死靠近时
她认不出那就是死
死发生时
她无法决定
是不是也应该
跟着去死
但她感到十年后的
自己
一定想活着
有段时间她像蛇蜕皮
把死的遗物
脱在不同路上
比如她把一只没有脚的
瓷公鸡
放到人多的广场
然后藏起来
看谁会带走它
她摔碎那些
玻璃花瓶时
会先把花瓶装在
塑料袋里

再狠狠地摔

摔完直接提出门去

扔到垃圾桶

她熟练地和死打着交道

直到没有一丁点儿

碎片

能划伤她

2020

榆叶雨

奶奶爬到树上
摘榆叶
她嫂子饿得爬不了树
叫奶奶拉她上去
奶奶说我可拉不动
你要是把我也坠下去
一家人今天就饿死了

民国三十年的阳光
照着十一岁的瘦奶奶
和她更瘦的小嫂子

树上的少女忽然从筐中
抓起一把叶子
给她快晕倒的嫂子
下了一阵可以吃的雨

2021

板集阳历年

我们戴着帽子睡觉
寒气扑面
从被缝沁肤入骨
水在屋内桶中结冰
邻居家的鹅
冻铁一样的黑夜里
发出金属划擦锅底的嘶鸣
迟迟没睡着的奶奶
絮叨着
她在民国三十年
和1960年的呓语
"人是一盘磨
睡着不渴也不饿"

2021

儿时过冬

晚上给瓷壶
装了热水放被窝
早晨把赖床不起
我的凉棉裤
拿到炉子上烤烤
塞我一个热鸡蛋
暖手
往我鞋子里填
软软的苇絮
想来想去
童年冬天暖和的记忆
都与奶奶有关
爷爷呢
有一项
用他洗过脸的热水
洗脸
一股热腾腾的
老头味儿
在他去世十三年后
又扑鼻而来

2021

琥珀

36颗小小的松脂化石
来自很北的海滩
据说是海浪将它们从海洋
涌送回陆地的
那是片有爱的海
而临近发生过战争的海域
浪花可能冲出人骨

琥珀粒都不大
却能看见生命活过的痕迹
一根细小松针的绿
一片飞蚊翅膀被黏稠的树脂
砸中时扇动的气泡
被传送到此刻
继续在我手里活着

我常用这串琥珀发信号
只要我专注把心波传给它们
就会变成一只老虎
奔跑回北方海边的山上
果真如你所说的
阳光跳跃像吉他拨片
拨动整片松林

明灭响静之间
金黄的泪珠滚落
包裹住你的手指耳垂
你所有性感的部分

2021

醉梦

模拟你的手
揉着乳房
有种踩在月亮上的快感
不知眩飞了多久
醒来时双腿叉开
像电影中的产妇
姿势固定在
将要生出一声啼哭
的期待中

2021

梦的乘客

梦见你去当裸模
远远坐在美术系的教室里
一群年轻人勾勒你
瘦到发出骨头光泽的身体
你在画板上对我显形

又梦见你在打拳击
被对手打得嘴角流血
你奋起反击
精彩的 KO

这梦像一架飞机
划过日食全黑的天空
我和你就像地球和太阳
隔了一轮月亮的距离
我爱你

2021

女人梦

嘈杂的饭桌上

她借着酒劲儿讲述了自己的梦

梦中她穿着婚纱

坐在空房间里

满地灰尘没有一个脚印

她先看见自己抚琴的背影

然后看见转过身的

那个女人

脸上只有两个巨大的眼睛

血丝密布

充满流不尽的泪水

怔怔地从她面前飞走了

她说感觉自己就那样坐了上千年

没人进来看过她

更无人在乎她需要什么

当她讲述这个梦

饭桌上的男人们

包括她丈夫

都忙着喝酒喝酒

吃面吃面

2021

98年去喀什

走了七年后
爸妈让堂哥回板集接我
堂哥说去了天天有鸡肉吃
我心动了一下
堂哥说你爸妈很想你
我说不去
堂哥说去了你爸给你买飞机
我嘴上说骗人心里却有点相信
直到堂哥说喀什街上
到处都是钱
我想象自己手拿布袋
一边捡纸钞
一边捡硬币和玉石
终于松了口
坐大巴到商丘
睡在绿皮火车座位底下
辗转西安库尔勒
再坐两天两夜大巴
到了
妈妈卖鸡的巴扎

2021

酒坛

大雨让河水涨得很快
他心血来潮
拿起我的尿布去河边洗
雨中他滑倒掉进水里
差点没被冲跑
据说那是他唯一一次
给我洗尿布
却因此让所有人都知道
他给我洗过尿布
今晚我在电话里告诉妈妈
前几天去参观了一家酒厂
获赠了两瓶很好的白酒
妈妈忽然讲起上面这件事
然后她说
你应该把那两瓶酒寄给你爸
你刚出生时
别人问他生的是儿子
还是女儿
他高兴地回答
生了个酒坛

2021

氟斑牙少女

坐在花坛边复习化学
月季和蝴蝶翅膀
发生着爱的化合反应
她的心忍不住飞来飞去
知道酒精灯不能吹灭
她就一直烧得头脑发烫
知道钠遇水极易自燃
她血管都要爆炸
有时会故意问他一些
原本已经会做的题
仅仅为了可以吸嗅到
他呼出的烟味儿
他石英状的眼神
是加速她成熟的催化剂
有天他盯着她看了好几秒
如试管里的水
加热就会沸腾那样自然地说道
我去实验室找点什么
才能把你这两颗门牙涂白呢
他笑着没有任何恶意
却足以耗光了她的氧气

2021

我的出生

产前三个月
检查时发现胎位不正
医生建议妈每天练习跪趴在床上
撅起屁股
她确实那样做了
一直到生的前一天
像一只跪羊
下面坠着大大的肚子

2022.10.26

榆叶雨

奶奶爬到树上
摘榆叶
她嫂子饿得爬不了树
叫奶奶拉她上去
奶奶说我可拉不动
你要是把我也拽下去
一家人今天就饿死了

民国30年的阳光
照着十二岁的瘦奶奶
和她更瘦的小嫂子

树上的少女忽然从筐中
抓起一把叶子
给她快晕倒的嫂子
下了一阵可以吃的雨

　　里所 写于 2021.01
　　　抄于 2021.09.

何其荣幸

里所

　　自2019年7月出版了第一本诗集《星期三的珍珠船》后，我没有再回头去总结性地看待自己的诗歌写作。总是往前写，很少往回看。那是一本2008—2019年的诗歌精选，收录了一百三十六首诗。这本《在人间，来真的》让我有机会重新审视自己过去的创作，也让我有契机集中精力阅读了最近三年的诗歌。收入本书的四十九首诗，有二十五首选自《星期三的珍珠船》，另外二十四首是这三年的新作。我和沈浩波、西娃、轩辕轼轲、盛兴，商议过一些基本编选逻辑：每人都要选一些过去的代表作，也都要选一些这两年的新作，比例自己分配，最终每人选出四十到五十首诗。在突出过去的作品和展示近作之间，我选择更多地去分享近作。

　　关于诗歌的创作谈，我总是没有太多想说的，一切思考都已经呈现在了诗歌本身里。关于如何写，我依然在一种矛盾状态里，依然在找寻不同质感的语言，在尝试有变化的叙述方式。矛盾带来挣扎，挣扎产生变化，这件事儿真有趣。

　　诗歌和生活同频同步，经历什么样的生活，就写出与之相关、相匹配的诗，这是我想做到的。如果经历了，活过了，却没能写出来，我会感到极度虚妄。创作是对抗虚妄的方式，每一首被写出来的诗，都像我多长出的一寸根须，让我往人生的土地里扎得更深、更实，生命也因此显得更丰盛了。"诗歌盛，在于我盛"，记得我的诗人朋友孙秋臣说过这样的话，我想反过来说也是成立的："我盛，在于我诗盛"。诗和诗人是相互喂养的关系，诗人给诗真的、好的，诗才能是真的、好的。诗人每天都思考着诗歌的问题，对诗有种心心念念的情感，诗才能像血液般流淌在诗人身体里。有所懈怠时，要提醒自己全神贯注。

　　过去两三年，盛兴的"不懈怠"一直激励着我，他在个人公众号"直接言说"上，每天写六首诗，很少有间断的时候，我敬佩他日复一日的坚持，如他自己所说，现在的日常写作，不再是为了写出所谓的代表作，重要的是写诗成了彻彻底底的单纯的劳作，我想他敲打键盘和手机屏幕的手指都应该有了对于写诗的肌肉记忆了。通过这种高密度的创作，盛兴的诗歌思维变得越来越活跃和丰富，他能从最没有诗意的地方发现诗，能用最直接而简单的语言，写出生活和人性的复杂。我也敬佩盛兴在剖析和揭示自己的生活时那种无所畏惧的精神，读他的诗，我经常有种惊心动魄的感觉，他的奇妙发现、极致体验和怪诞念头，常令我大跌眼镜。诗人可以无限拓展自己的生命时空，盛兴做到了。

　　我特别选了一首写给西娃的诗——写于2017年的《岩兰草》，"我看见她的面容/有慈爱者的光芒"，这是生活里的西娃在我心中的形象。写诗的西娃也因为她充满慈爱和悲悯万物的秉性，写出了诸如《画面》《吃塔》这样的经典之作，她的眼睛注视着世界的残酷和荒诞，她的心跳如鼓点给每一个文字注满力量。西娃在北京的家，是我的精神避难所，过去五六年里，她指导我打开自己的感知，给了我非常多灵性、智慧方面的启迪。西娃有着异于常人的直觉，在精神和宗教方面，她都有着很高的修为，这些特质都投射在了她的诗里，《一碗水》《箱子里的耶稣》《释放》这样的作品，是只有西娃才能写出的诗，别人无法理解和相信的神秘事物，在西娃的诗里，都是真切可感的，她总能引导读者去往更高的维度。同时西娃也是勇敢而尖锐的，读读《童年教育》《爸妈的亲事》《他们，和想象中的女诗人》等诗，就能感受到西娃骨子里的血性和透彻。

　　轩辕轼轲的每一首诗，都像一场由词语构成的演出，每个动词翻着不同的跟头跳出来，每个名词在舞台上摆出独特的亮相造型，每个形容词都在说笑在唱歌，每首诗都热闹极了！轩辕轼轲就是那种能用最少的文字，在诗里制造出极大动静的诗人，他绝对是诗歌界的"喜剧人"，以"喜剧诗"的方式，呈现着人间万象和人情冷暖。轩辕轼轲的语言天赋常令我赞叹，我惊讶于那些句子怎么能像摇晃后的可乐泡沫那样，抑制不住地往外冒；而最近一两年，他作品中又增加了更多个人生活向度的表达，令他的诗歌有了更真切的生命活力，"四车诗人"的马达转得愈加畅快了。

　　沈浩波是这个世界上和我交流诗歌最多的人，也是给我鼓励和建议最多的人。关于他的诗歌，我只想说，他的自省、果决、锋利、包容，会成就他为一位伟大的诗人。"磨铁读诗会"的所有选诗会，几乎都是我们诗歌观念交锋的现场。我在理论思考方面比较懒惰，写诗依赖本能和直觉居多，沈浩波却不同，他能把所有关于诗歌的问题都梳理辨析得很透彻，一起工作的这七年来，我从他的思考里，剪切和移用了不少适合我的、对我有意义的理论，比如他总是强调的"诗歌就是身体"，我就非常认同，我所有那些最性感的、最有能量的诗，都呼应着这一理念；还有被他挂在嘴边的"口语必然通往真实"，这个观点多少影响了我诗歌语言的变调与转向，他对口语和真实这二者之间关系的思考，也启发我去寻找最接近自己心跳的表达；最近半年，他强调最多的是"诗意的日常性"，以及如何在诗里呈现事物的本质，顺着他的思考，我也体会到诗人应该让事物和被书写的对象自现，而不是主观地在那里喋喋不休。诸如此类，我受益于他的思考，并于其中探究自己的独特性到底应该在哪里，我能看懂他的标准，又无数次试图打破他的审美。我知道只有他能成为沈浩波，而我必须成为里所。

　　能和上述四位我喜爱的诗人一起出版一本诗歌合集，我非常高兴。何其荣幸，我们一同建造了一座壮丽的诗桥。

从左到右依次为：晴朗李寒、德米特里·格里戈里耶夫（Дмитрий Григорьев）、沈浩波、里所、轩辕轼轲
2017年摄于俄罗斯圣彼得堡

从左到右依次为：莫沫（Isolda Morillo）、沈浩波、里所
2018年摄于法国波尔多

2023年摄于北京，摄影：陈诗媛（Boey Chen）

2023年摄于北京，摄影：陈诗媛（Boey Chen）

里所答方闲海六问

方闲海：今年你开始翻译布考斯基诗歌，进展如何？有何心得？

里所：目前翻了不到二十首。翻得有点慢，每天总被工作和琐事打断，有时下班了又忽然想写自己的诗，翻译往往被排在后面，到后面一看时间，夜深了，该睡了。有时是因为懒散。翻译和写诗不一样，不能即兴而为，要有计划，像写长篇小说，需要定力，要天天与它打交道。前两天和万玛才旦导演交流诗歌和翻译，他鼓励我多翻点，他说："每天翻译一点，也就译完了，每天努力一点就好。"他说得很对，就是这么朴素的道理，我们常说"日常写作"，对于译者来说，也要"日常翻译"。

这是一本布考斯基的1951—1993年诗歌精选集，英文原版书有575页。翻译过程中我还蛮兴奋的，每次译完一首，都很受鼓舞。布考斯基创作量大，但几乎每首诗都写得成立，都有他自己的语体，都和他的生活长在一起。即便不可能首首都是杰作，但他的诗里总有真东西。翻译时，作为译者，需要专注于每一个词，来来回回体会每一个句子的节奏，才能更接近他写作时的心跳；作为诗人，我也能从他的生命状态里捕捉到不少写作的密码。

方闲海：关于诗歌里的性别意识，你有否明确的自我判断？男诗人和女诗人，何者对你有更多影响？

里所：一开始我可能有意无意地想在写作时淡化性别，写一些不那么带有性别色彩的东西，觉得中性的、让人看不出性别的诗歌才是高级的。回头想想，那是种观念上的误解，自我尚处于不明的状态——不知道自己是谁。大概从2015年开始，我诗歌中女性的身体特质和情感特质越来越强烈，也许从那时开始，我作为诗人和女人，才算真正成熟起来，所有涉及性别、情感、身体、两性关系这些主题的作品，我才能完全敞开去写，不避讳什么，也不去美化。但话又说回来，与其说我明确了性别，倒不如说我明确了身体、本能、情欲、真实的心跳。

不管是男诗人还是女诗人，唯有好诗人才会影响到我。如果我喜欢一个诗人，那一定不是因为他（她）的性别，而是因为这位诗人的语言魅力、诗歌思维、精神风度等因素。

方闲海：不同的地域生活是否影响了你的诗歌？你认为还有什么因素更能影响你的写作？

里所：地域因素深度影响了我的诗。从安徽板集到新疆喀什，包括在西安和北京的生活，都在我诗歌里植入了特定的基因。拿安徽老家来说，方言、亲人、童年生活构成了我写作本源性的基底。哪怕我离开那里很多很多年，这个基底都在持续发挥作用，并且当我越来越多地写到故乡，我就会越来越频繁地想回去，这其中有一股相互纠缠的力量。而喀什给了我诗歌空间的广度，也给了我异质的文化视野，喀什对我来说从始至终都是神秘的，充满了陌生化和吸引力。并且，我越了解它，越感到自己不懂它，我只看见了它的冰山一角，没有看穿它全貌的能力。到今天依然是这样，它始终令我充满困惑和不安。我依然想要不停地去探索它。

除了地域，爱情也一直深度影响着我的写作，好像每次一有点爱情，我就变得特别会写诗，爱可以唤醒我，为我开启新鲜的认知和边界。

方闲海：尽管我没有拜读过你的研究生论文，但我很好奇你的研究课题为什么是象征派诗人穆木天？

里所：2011年开始写论文的时候，我先是确定要写一位诗人，我的专业是中国现代文学，现代诗人里面，按理说我更想写鲁迅的《野草》，我把写《野草》的鲁迅当作诗人看待。但关于鲁迅的研究已经太多太多。也想过写穆旦。我的导师李怡建议我写写穆木天，因为穆木天曾在北京师范大学任教，李怡老师也认识他的女儿穆立立，我能找到不少一手资料。刚好彼时我自己写诗的时候，对象征主义也有所借鉴，比如《白色蝙蝠》，就挺有象征主义加口语化叙述的双重腔调。再加上我也很好奇，为什么很多当时留日的诗人作家，比如"创造社"那批人，20世纪30年代都加入了"左联"，并且前前后后，他们的创作都发生了巨大的裂变。就穆木天的写作来说，从"纯诗"到诗作为革命的号角，这种变化的原因，我想知道。这批坚定的"左派"诗人、作家，之后的命运和下场也令人唏嘘悲叹。那时我第一次开始思考一个诗人应该如何在急速变化的时代中选择自己的位置。

方闲海：你自己最喜欢的代表诗作是哪一首？能否介绍一下？

里所：《星期三的珍珠船》。这首诗写于2015年，在这首诗之前的一两年里，我诗作不多，处于创作的消沉期，内心积压了很多东西，每天都在往心里打夯一般。所有积压的东西都在等一个出口，在等一首诗。《星期三的珍珠船》有天就忽然来了，没有草稿，没有构思的过程，仅仅因为我和几个写诗的朋友一起从通州运河那座挂满蜘蛛的桥上经过，我看着那些结网的大蜘蛛，提议每个人都写一首诗，后来只有我自己写了。它来得特别自然，有那种所谓"降临"的感觉，每一个句子，都是从心里和嘴里冲出来的，一行接一行没有停顿。我想我之所以喜欢它，是因为喜欢它产生时的那种状态，后来当我不会写诗的时候，或写诗艰难的时候，我会去想想那一天，想想这首诗是如何发生的。

方闲海：你主要读什么书？写作习惯是什么？

里所：总体上是以诗集和小说为主。除了工作时校阅的书稿，今年上半年比较仔细读完的书是这些：《当尼采哭泣》，欧文·亚隆著，侯维之译；《致后代：布莱希特诗选》，贝托尔特·布莱希特著，黄灿然译；《秧歌》，张爱玲著；《菊次郎与佐纪》，北野武著（重读）；《故事只讲了一半》，万玛才旦著；《谁人不思乡》，寺山修司著，黄怡轶译（重读）；《肛检》，方闲海著；《找王菊花》，杨黎著（重读）；《火车梦》，丹尼斯·约翰逊著，兰若译；《西游补》，董说著；《南方高速》，胡里奥·科塔萨尔著，金灿、林叶青、陶玉平译。

写诗的话，没有太具体的习惯，写作时间也不固定，有了诗就写在手机备忘录里，每个月会在月底整理修改一下，做个总结；一年到头时再通读精选一次。有时两三周没有写，会焦虑，会试图强迫自己进入写的状态。总是处在自然写作和强迫写作的循环里。

最近也写小说，短篇。2017—2019年写过四篇，然后中断了。这两个月因为在看仁科的小说稿，和他交流小说就比较多，上面书单里的《火车梦》《南方高速》都是他推荐给我的。我觉得仁科写得很好，给我很大的惊喜，我告诉他我的阅读感受，说这会是一本发光的小说集，他说他被鼓舞了，写作热情高涨，其实我也被鼓舞了，我捡起之前的草稿，开始重写，也在构思新的故事。写短篇我感觉一周速战速决一篇比较好，几千字，果断点儿写完。短篇不能写得太拖拖拉拉。最近通常早起，先写完500～1000字，再出门上班，有时晚上睡前写一个多小时。这个感觉还挺充实的。

沈浩波

理想国

不配住下我和疯子

沈浩波的诗

理想国

那些名叫柏拉图的家伙

那些心眼坏掉的家伙

那些把自己当成国王和法官的家伙

那些梦想给人类

指明方向的家伙

那些肥胖而鲜艳的虫子

挥动隐蔽的毒毛

赶走狼和狮子

赶走绝望的少年

赶走淫荡的妇人

赶走疯子和乞丐

赶走小偷和强盗

赶走撒旦

赶走不听话的耶稣

赶走诗人

赶走我

别

无需你们驱赶

我只是过客

来瞧瞧你的家园是什么样子

我已经看明白了

理想国

不配住下我和疯子

2013.10.7

对牛弹琴

一个人,在林中,对一头牛弹琴
想想这个画面,是不是有点儿
孤独而美好呢?是不是还有点儿
隐逸的禅意呢?如果再有点阳光呢?
一头牛,在阳光下吃草
有些事情,不能说与同类听
有些事情,不需要知音,但需要
一头牛。有人对牛弹琴,有人
对老虎讲经。我喜欢对牛弹琴的人
我喜欢琴声,胜过佛经
我喜欢牛,因为它听不懂琴声

2015.3.8

花莲之夜

寂静的

海风吹拂的夜晚

宽阔

无人的马路

一只蜗牛

缓慢地爬行

一辆摩托车开来

在它的呼啸中

仍能听到

嘎嘣

一声

2015.6.13

白雪棋盘

再一次
回到冰凉的北京
从飞机上往下看
北京
铺着一层薄薄的雪
像一块
白色的棋盘
谁来和我对弈?
——没有人
我和一轮
血红的夕阳
在棋盘上对望

2015.11.26

在圣方济各圣堂前

我喜欢那些
小小的教堂
庄重又亲切
澳门路环村的
圣方济各圣堂
细长的木门
将黄色的墙壁
切割成两片
蝴蝶的翅膀
明亮而温暖
引诱我进入
门口的条幅上
有两行大字
是新约里的话
"耶稣说:
我就是道路
真理和生命"
我想了想
在心中默默地
对耶稣说:
"对不起
这句话
我不能同意"

2016.3.15

消失的诗

就在刚才

我看到了一首诗

一首好诗

但它的作者并不知道它是一首好诗

甚至不知道它是一首诗

他是个平庸的诗人

现在不知道

以后也不会知道

自己曾经写过这么一首诗

一首比他一生所有其他诗都好的诗

这只是他在微信朋友圈里

说的一段话

并不是一首诗

但我看到了一首诗

一个字都不用改

分一下行就是一首诗

但他对此懵然无知

我并不打算告诉他

我觉得他不配拥有这首诗

2017.2.12

在清迈大学校门口的虚拟对话

高挑健美的姑娘

伸出一条长腿

跨上长发男友

即将发动的摩托车

我喊住了她

认真地对她说

"其实我和你一样年轻

我的血液和灵魂

和你一样热情"

姑娘坐在摩托车上

上下打量了我几眼

揉着她男友的脑袋

"但是你没有他这样

会奔跑的腿

也不会像他在床上

灵活得像一只猿猴"

"但是姑娘

我的灵魂里不仅有猿猴

还有老虎豹子

和一匹夜晚的狼"

"但是先生

你也并不想

和我的灵魂上床"

2017.2.12

寻人启事

男，名字我忘了
江苏省泰兴市古溪镇人
个子不高，一米六八左右
年龄大概在四十五岁到四十八岁之间
人民大学毕业，九六年在文化部上班
那年我在北京师范大学读大一
他以老乡的身份，跑到学校找我
他是怎么知道我在北师大上学的？
我当年应该问过，但不记得了
这个陌生人，热情地请我吃饭
我一头雾水地看着他，不明所以
吃了一会儿饭，他对我说
"我爸年轻时追求过你伯母
听说你考到了北京，我来看看你"

2017.4.4

故人的死讯

我认识他时

他是个作家

写的是那种

观念很现代的小说

在一个小众文学圈中

被交口称赞

他的死讯传来

令人唏嘘

他死在狱中

恐怕是自己

不想活了

他后来不写小说

辗转成了

广州美术学院

图书馆的馆长

一张张临摹

馆藏的名画

把真品换出来卖钱

干了整整十年

卖了一百多张画

赚了一个多亿
有钱之后
他对当年的好友
诗人杨黎说：

"我们好傻
把青春都献给了文学
你看赚钱多容易
有钱是多好的事"

他想了想
又对杨黎说：
"但是，你要好好写诗
需要钱，就找我"

2017.4.11

我的光棍二叔

有一阵子
谁说二叔是光棍
二叔就会辩解:
其实我在外面有女人
我在徐州
宿迁
盐城
和常州
都有女人
又过了一阵子
他甚至告诉大家
他在徐州
宿迁
盐城
和常州的女人
都给他生了孩子
但自从他打不动工
回到村里
一直到他病死
也没有一个孩子
上门来叫爹

2017.6.12

在雍和宫

在金色巨人般高耸入殿顶的佛祖像前
一个肥硕的
穿白汗衫挂大金链子的壮汉
啪一声
把自己砸在大殿坚硬的地砖上
看得我心惊肉跳
再站起来
再啪一声
……
二百来斤的肥肉
啪啪啪往地上砸
每一下都是
标准的藏传佛教磕长头的姿势
我原本还想磕头祈祷的兴致
一下子就没了
再怎么虔诚
也干不过这家伙像面粉袋子一样把自己往地上啪啪砸呀

2017.10.14

俄国恋

几个中国老男人
来到莫斯科
东张西望
渴望找到一个
名叫冬妮娅的女孩儿
满大街的俄罗斯人
都对他们摇头
说我们这里
没有这个人

2017.12

开悟

中央电视台的主持人

名校毕业

高大英俊

自命不凡

觉得人间一切

已不在话下

转而追求

灵性的觉醒

走上了修行之路

那天我们一起吃饭

他告诉我

他已经开悟了

是突然开悟的

他还问我

有没有看到

他身上有一层光

我说没看到

这并没有

打消他的兴致

他仿佛置身

人类的巅峰

兴奋极了

我向他要

他欠我的十万块钱

他手一挥：

"这个以后再说"

2018.6.19

关于悲伤这件事

你早该明白
当你悲伤时
他人不悲伤
我也不悲伤
哪怕你的悲伤乃因我而生

我早就明白
当我悲伤时
他人不悲伤
你也不悲伤
哪怕我的悲伤乃因你而生

万物各行其是
一人悲伤如蚁

而那个看起来最悲伤的
乃是个单纯的傻瓜
他一路哭哭啼啼
以为万物
与他
同悲

2018.8.7

在波尔多的一个酒庄

主人在向我们介绍

他家酿的梅洛红酒

他是个基督徒

他说葡萄酒是耶稣的血

这时我听到窗外

漫山遍野的葡萄树

举起干枯的手,齐声唱道:

不,是我们的血

2018.12.18

煮羊肉太好吃了

那年我六岁
冬天的傍晚
我爸骑自行车载我
经过镇小学时
突然对我说
"校门口开了家羊肉馆"
我没有说话
我爸往前蹬了几步又说
"羊肉太贵了"
我还是没说话
我知道羊肉太贵
我爸又往前蹬了几步说
"冬天吃羊肉挺好的
你还没吃过羊肉呢"
我还是没说话
我知道我爸在犹豫
我们最终去吃了那顿羊肉
——煮羊肉

2019.5.5

| 沈浩波 |

和平鸽

一架架飞机升起

一架架飞机落下

这些装人的飞机

平缓而优雅

每一架长得都像

毕加索画的和平鸽

那些装炸弹和士兵的

则不然

要么像鹰

要么像黄蜂

2019.6.21

不能撒谎

这对老夫妻
住在海边的楼上
从落地窗往外看
不远处的大桥下
是他们的小女儿
海葬的地方

他们常常站在窗边
望向桥下的海水
看见女儿向他们
张开双臂

我是他们的小女儿
——自杀的女作家
在中国的出版商
我对她妈妈说
"我很喜欢你女儿的书"

她激动地问真的吗
流着泪看向窗外——
"她就在那里
她能听到你的话
她现在一定很高兴"

那一瞬我内心如遭暴击
我觉得她的在天之灵
正在冲我冷笑
她知道我在撒谎
一个虚伪的中年人
正在撒一个客套的谎

我并没有读她的书
她那么敏感、尖锐、聪明
而我在她面前
撒了一个庸俗的谎

2019.9.5

七十多岁的爸爸在喊他的妈妈

鼻子里插着胃管
和吸氧管
身上插着导流管
和尿管
还挂着两根输液管
爸爸满身管子
一会儿昏沉沉睡去
一会儿呻吟着醒来
就算睡着时
他也难受得
不停地喊:
妈妈
妈妈
妈妈

而他的妈妈
已经去世十六年了

2019.12.1

创世纪

伊莎多拉·邓肯邀请罗丹

欣赏她的舞蹈

她想向这位大师展示

她对舞蹈的革新

大师盯着她

像一头真正的人身羊头怪一样

盯着她舞蹈的身体

穿透她的舞蹈

去他娘的舞蹈

去他娘的观念

去他娘的革新

六十岁的老山羊怪

对此毫不关心

直接冲上去

摸她的脖子、胸部、臀部

赤裸的双腿、双脚、双臂

像摸自己捏出来的大理石像

像他的雕塑被注入了血液

成为真正的身体

捏她身体的一切

——这才是她的灵魂

老怪物在她身上肆虐着情欲

邓肯被吓坏了

赶走了这头淫荡的公羊

二十八年后

邓肯说她无比后悔

可笑的幼稚阻挡了她陷落的激情

她回忆那头老山羊

在她身上呼出的灼热气息

将她燃烧

令她浑身发软

想躺下变成一块

呻吟的黏土……

2020.3.6

我爸戒烟记

那年爸妈从老家
来帮我们带孩子
我妈告诉我：
"你爸为了孩子
来之前下狠心戒烟
每天难受极了
在田垄上走来走去
跟丢了魂似的"
说完意味深长地看着我
我知道她要我感动
于是我就感动了
但还是忍不住问了声
那他戒掉了吗
我妈说："这倒没有"

2020.3.12

夏娃

罗丹凝视着年轻的女模特

他不断地修改

几乎每天都在修改

不断地改变

不断重新塑造

每天都觉得前一天做得不对

他不断地修改她的腰部

腹部和胸部的肌肉

和由此带来的

整体的变化

但似乎永远无法

完全抵达她的身体

直到有一天

他恍然大悟

原来正在塑造的

是一具刚刚怀孕的身体

生命每一天都在成长

每一天都是新的

雕塑的意义

正在于此

2020.3.14

灵魂的选择(组诗7则)

灵魂的选择

但你若问心中之所爱
艺术还是珂勒惠支啊
文学还是鲁迅
在这荒野中行走时
需要有一把铲子
刮我灵魂的黑暗的锅底

2020.3.31

变成石头的母亲

这是最沉重的屈膝
珂勒惠支亲手
把自己和丈夫
塑成两座石像
跪在儿子
和他战友们的墓园
为没能阻止儿子参军
而忏悔

2019.5.30

世纪女神

为什么会有珂勒惠支这样的艺术家?
充溢于灵魂的沉痛来自哪里?
从童年到少女再到步入婚姻
平静如溪流的生活洒满阳光

答案终于揭晓——
烧灼的烈火来自未来

两次世界大战预先塑造了她的面容
她把自己塑成石像跪在儿子墓园前
代表人类向死于战场的孩子们忏悔

2020.4.1

母亲的痛哭

那些年轻英俊的小伙子
金发的,或者黑发的
刚刚穿上漂亮的军装
锃亮的皮靴咔咔作响
从她房间的窗户下走过
打着唿哨唱着欢乐的歌
坐在窗前的珂勒惠支

听到歌声不禁失声痛哭
"哭着,哭着,又哭着"
那时她的小儿子彼得
还没有参军还没有死在
两个月后的比利时战场

2020.4.2

自画像

珂勒惠支的画中
有深刻的文明
和崇高的尊严
她在自己的脸上
刻画出了人类
前所未有的沉痛

在她母亲般
脸庞的映照下
男艺术家们
精心描绘的自画像
轻浮贫乏得
除了自恋还是自恋

2020.3.26

手

罗丹和珂勒惠支

都特别注重

雕塑或刻画

手的形象

每只伸出的手

都有灵魂

都有焦渴的内心

都会呼吸

都在嚎叫

不同之处在于

罗丹的手

是伸向女人的

情欲巨掌

珂勒惠支的手

紧紧箍住

她的孩子们

如惊恐的母猿

伸出利爪

2020.4.5

飞翔的天使

一九二零年，五十三岁的珂勒惠支
普鲁士艺术学院唯一的女教授
在展览上看到同行恩斯特·巴拉赫的木刻
在日记里写到，"它们完全使我折服了
……巴拉赫已经找到了他的路
而我还没有找到我的道路"
这少女般的谦逊——珂勒惠支一直如此
母亲般的诚实——她正是一个这样的母亲
熔岩般对艺术的热望——女性的爱
很多年后，恩斯特·巴拉赫给一个教堂
雕塑《飞翔的天使》，他一开始并没有想
但刻着刻着就刻成了珂勒惠支的样子

2020.4.2

读某中国诗人的诗集

我已经读到
他的九十年代了
一九九一年
一九九二年
我开始替他着急
怎么还这么青涩
这么优柔寡断?
快成熟起来呀
诗人
一九九三年
一九九四年
我越来越
着急
能不替他着急吗
我他妈的都
快要写诗了
你怎么还这么
有气无力?
历史不会停下来
等你
诗歌在暗处
蓄积着勇气
一九九五年

| 沈浩波 |

一九九六年

时间越来越紧迫

一九九七年

一九九八年

我已经开始写诗了

他还在

不紧不慢地

感伤

你在等什么?

怎么还没有

从年龄中汲取力量?

你的人生呢?

何其虚无缥缈?

一个世纪

都快结束了

剩下的一切

都意味着陈旧

一九九九年

二零零零年

我的名作已经写出

对他过去所有的诗歌

完成了一场

屠杀

现在我

为他

默哀

2020.3.24

桂花树下

我的老家在苏北的一个小村庄
原来叫沈家巷,现在这个名字
已经消失了。家里的老楼还在
院子里种着一些蔬菜,还有几株
杏树和桃树。最高大茂密的
是一棵老桂花树,秋天的时候
满树花香,浓郁如蜜,这是我家
最珍贵的东西,陪伴过好几代人
我家的微信群,就叫"桂花树下"。
老楼盖于三十年前,我爸我妈
和伯父伯母,想尽一切办法
花了三万块钱,盖起了这座楼。
现在里面只剩下伯父伯母两个
八十多岁的老人。伯父已瘫痪
坐在轮椅上,语言功能障碍
无法说话,时而清醒,时而糊涂。
四月四日,我回老家,大姐
大姐夫,二姐,二姐夫,大哥
都回来了。兄弟姐妹,相聚于
共同的家。大姐二姐做晚饭
我和大哥大姐夫二姐夫喝酒
伯母坐在旁边,笑眯眯地看着。
我们聊了很多小时候的事情

| 沈浩波 |

我爸揍我的时候，伯母心疼得
直抹眼泪；二姐小时候脾气坏
她舅舅气得要用斧子劈死她；
大姐结婚的时候，来接亲的人
在夜晚黑暗的马路上，载着大姐
在前面慢慢骑，我和二姐送亲
沉默无语，在后面跟着走。
大哥对我说，你写写家里的事
我说我早写了，比如写你爱哭
大哥哈哈大笑。伯母已经困倦
但不肯去睡，她要和我们一起
听我们聊天。这些天她心情好
先是大哥和二姐把她接到上海
检查身体，她腿疼得不能走路
终于查出病因，可以对症下药
我们又都回到老家，桂花树下
充满了笑声。伯母年轻时很美
现在，和我们一起，在餐厅灯光
的映照下，满头银发闪闪发亮
依稀能看出年轻时的美丽容颜。
她不知道，大哥最近经常偷哭
哭完告诉她，她得的病是骨结核
慢慢治，就能治好，伯母相信了
充满了期待。此刻我们都在欢笑
没有人告诉她肺癌晚期的真相
这是笑中带泪的相聚，简单

而值得珍惜的生活。哥哥姐姐们
紧密相挨，以最深切的爱意
陪伴他们的母亲。他们比我大很多
带领我长大，直到现在，这个夜晚
仍在给予我，有关生活和爱的教育。

2020.4.10

我妈的日常

我妈今天非常愤怒

因为她读了一则假新闻

我妈今天非常高兴

因为她读了一则假新闻

我妈今天咬牙切齿

因为她读了一则假新闻

我妈今天眼含热泪

因为她读了一则假新闻

2020.6.5

童年的战争

我们班有一群

姓沈的小孩儿

还有一群

姓袁的小孩儿

彼此为敌

经常打架

从村子打到学校

我爸妈是老师

我住在学校里

不参与他们的战争

和几个姓袁的小孩儿

玩得挺好

有一天

姓沈的小孩儿们

把我围住

愤怒地问我:

你姓不姓沈?

你姓不姓沈?

2020.7.25

只有这一句富有诗意

美国女诗人获得

诺贝尔文学奖的夜晚

我的朋友圈里很多人

在讨论这件事

但只有一句富有诗意

来自最大的网上书店

当当网的老板

俞渝女士

她一直在等这个结果

现在结果出来了

她发出了一声哀叹

"诗歌拉不动销售"

2020.10.8

十指相扣

某男诗人
五十多岁
诗会结束后
像一个慈祥长者
顺路送刚刚认识
还在读大一的
年轻女诗人回校
炫耀自己的豪车
说是从德国买的
对女孩儿说
"我们交个朋友吧
我可以给你
在校外租个房子"
然后就伸出爪子
要跟人家姑娘
玩儿十指相扣

2020.12.6

马意味着马,公牛意味着公牛

毕加索经常遭受这种酷刑
被人们逼着解读自己的作品
有一次他甚至屈辱地服从了
亲口认同了对《格尔尼卡》
最庸俗的解读:
押长脖子的马象征人民
威严的公牛象征黑暗和残暴
对于艺术家或者诗人来说
这种服从就是对平庸下跪
是亲手在自己的灵魂上抹屎

2020.12.11

金色手表

曾经有过一块手表
金色的手表
放在掌心
像一朵小小的向日葵

当我拥有它时
它是一块普通的手表
被我随意搁在某处

很多消失的事物
会在记忆中重现
呈现出当时没有注意
但却是它
本来应该有的样子

大学毕业前夕
作为北师大文学社的社长
我最后一次
走进学校附近的
那家激光照排店

那两年我几乎每个月
都会去那里

| 沈浩波 |

给我们编辑的文学报
排版、出片

照排店很小
老板是个年轻女人
很多时候
她亲自动手排版
我坐在旁边看

我从来没有问过
她叫什么名字
那天我走的时候
她说我送你一个礼物

大概是对我
一直以来照顾她的生意
表示感谢吧
我没有多说什么
她也没有多说什么

但是我们之间
多出了一块手表
一块现在已经
消失了的手表

有一天我想起

这块金色的手表
想起她递给我时
脸上有种
看起来很随意的表情

就好像送出了一件
不值一提的东西
而我竟真的以为
它是不值一提的

2021.1.25

晚安

侄女来北京
住在我这里
每天晚上去二楼睡觉前
都会来书房跟我说一声晚安
后来她才告诉我
以前没有对人说晚安的习惯
但当她看到我
身上那种
刺眼的孤独时
就忍不住要对我
说一声晚安

2021.1.31

绿岛小夜曲

绿色的甲板——大地
绿色的船舷——树木
绿色的风帆——山峦

绿色的轮船一艘艘
航行在夏天的绿海

绿色的眼眉扬起
绿色的嘴唇含笑
绿色的歌声回荡

绿色的小床——苔藓
绿色的心跳——虫鸣
绿色的梦乡——夜晚

绿色的雨中站着绿色的你
绿色的雾中一只绿色的鸟

绿色的脉搏强劲
绿色的老虎奔跑
绿色的手心滚烫
掉入绿色的蛛网

| 沈浩波 |

绿色的阳光——刺痛

绿色的溪水——流逝

绿色的悬崖——陡峭

绿色的镜面——粉碎

2021.6.23

死去的亲人

去年八月的一个晚上
突然接到她的电话
她在电话里号啕大哭
说她哥哥死了

第二天我就飞去昆明
陪她守灵
陪她参加告别仪式
站在她身边

也许共同面对
一场生离死别后
我们之间的关系
能够有所缓和

我当然是想多了
没有这个可能

人们常常认为
死人有神秘的力量
能保佑活着的亲人
如果真是这样
她哥哥一定愿意

|沈浩波|

我和她还在一起

但是死去的人
并没有这样的力量
他们比活着时
更无能为力

2021.8.22

在山中

车上的五个人
都陷入了沉默
谁都不知道他会
将车开到哪里
什么时候停下
刚才我们
已经有过争论
三点的时候就有人说
我们可能走错了
但他淡定地说
放心吧，没错
四点时吵得更加激烈
但他的双手
坚定地握着方向盘
令我们的争吵
变得毫无意义
现在已经五点了
天色向晚
浓密的树荫
令盘旋的山路
变得更加昏暗
我们四个都已经知道
他开错了

| 沈浩波 |

我们也知道
他知道自己开错了
并且他肯定也知道
我们知道他开错了
没有人再说话
车上一片安静
汽车如同无人驾驶般
继续前行

2022.1.15

爱情故事

我外公八十多岁时
和村里一位
七十多岁的老奶奶
偷情

那时我外婆还在世
外公偷偷摸摸地
跟人家老奶奶
好上了

两人经常
相约小河边
耳鬓厮磨
谈恋爱

可惜好景不长
不久就被发现
老奶奶的家人
禁止两人往来

伤心悲愤的外公
潜入人家家里投毒
把人家养的蚕

| 沈浩波 |

全都毒死了

失恋后的外公
终日郁郁寡欢
没过两年
就去世了

2022.1.20

北京西边有秘密

我无意中发现了
北京西边的秘密
秘密藏在植物园
千古古刹卧佛寺
是被树木遮蔽的秘密
卧佛寺外面
不起眼的素菜馆
是卧佛寺的秘密
里面有一道炒滑蛋
才是我要
告诉你们的秘密
它是秘密中的秘密
我吃了两口就惊呆了
追着问服务员
是哪里的鸡
生出这么好吃的蛋?
我们在这大雪天
本来是到卧佛寺
看那两棵老蜡梅的
结果蜡梅没有开

2022.1.24

丑猫

以前我家有只
朋友寄养的猫
黑毛里有几块土黄
看起来像癞痢
性格特别野
整天挠门抓沙发
我不喜欢这只猫
一靠近就被我撵走
有一天深夜
我站在门口抽烟
它从外面回来
钻进家门时停住了
趴到我的两脚间
见我没什么反应
就开始轻轻地蹭
它蹭得那么温柔
流露出的依恋之情
令我羞愧难当

2022.3.1

习惯

老家一个
亲戚的孩子
给我打电话
说他还是想
考公务员
端铁饭碗

挂完电话
我叹了口气
说真没出息

她正在刷手机
头也没抬问我
你知道那个某某
(一个台湾女明星)
刚刚闪婚了吗?

我说我知道
新嫁的这个
怎么也比她前夫好
她前夫就是个骗子

她放下手机

看着我
说
你刚才这么短的时间
就讽刺了两个人

人家孩子没出息
人家前夫是骗子

这是你的习惯吗?

2022.3.15

清晨的鸟鸣

在广州,拜访一家贸易集团
聊起美食,广东人有说不完的话
他们董事长说
猪肉下锅前,一不能见光
二不能沾水,煮出来的才最好吃
我听得一脸茫然
他们总经理说,不沾水的意思是
猪的内脏不要用水洗,带着血
直接下锅,味道最好
"那不见光呢?"我问
他们董事长说,半夜杀的猪最好吃
总经理补充道,半夜杀完下锅
煮熟时正好可以听到清晨的鸟鸣

2022.6.30

我喜欢的诗和诗人

1.

我喜欢威廉斯远胜艾略特
我喜欢事物本身而讨厌象征
如果你没有看到威廉斯留下的便条
怎么知道我的诗在哪里发生?

2.

我喜欢布莱希特远胜策兰
我喜欢直接面对而讨厌修辞
有的文学适合用来安葬亡魂
有的文学发生在活人中间

3.

我喜欢帕拉远胜聂鲁达
我喜欢诗本身胜过漂亮句子
他是活了一百零三岁的崭新诗人
因为他永远相信诗是自由

4.

我喜欢布考斯基胜过金斯堡
我不喜欢成为标签和符号
我不喜欢时代的代言人和偶像
我喜欢普通人,普通人才是人

2022.8.20

男人的曲线

火车上坐我旁边的哥们儿

肚子圆滚滚,鼓胀胀

看上去有八个月的身孕

我真想伸手去摸一摸

而我自己的,大约也有三个月

我们肩并肩坐在一起

却无法分享孕育生命的喜悦

在我们之间的空气中

也没有一种可以被称为

母性之爱的东西流淌

所以我们没办法

为我们的曲线感到骄傲

不能彼此伸手,温柔地抚摸对方

2022.8.20

夜中不能寐

1.

"夜中不能寐
起坐弹鸣琴"
晚上睡不着
阮籍的这首诗就冒了出来

2.

阮籍活在
黑暗与血腥的时代
那时的诗人
崇拜老子和庄子
白天喝得烂醉
晚上睡不着
爬起来弹琴

3.

他们有时想杀人
想着想着
就去弹琴
他们有时只是想弹琴

弹着弹着
就起了杀人的心

4.

与阮籍齐名的嵇康
最爱弹一曲《广陵散》
讲的就是一个
杀人的故事
利剑藏于琴匣
侠士怒而拔剑
君王血溅当场

5.

嵇康是个诗人
他不会杀人
所以他被杀掉了
他在被杀之前
向刽子手要了一把琴
坐在地上
弹《广陵散》

6.

我猜想嵇康

最后的心境
只是想弹琴
不再想杀人
琴声铮鸣
如山泉迸溅
如锤落铁砧

2022.8.27

于恺和黎洵

于恺这家伙
喝酒不要命

已经一身病
还要拼命喝

右手在肚皮上扎针
左手还在忙着干杯

黎洵拿他没办法
怎么也管不住他

既然管不住
那就干脆加入

从此黎洵
和于恺一起喝

两口子走到哪里
喝到哪里

通宵达旦
灵魂出窍

如同雌雄大盗
如同黑白双煞

有一次我劝于恺
少喝点，身体重要

于恺说:喝到死
黎洵接:死了算

我喜欢给人讲
于恺和黎洵的故事

故事里有我
向往的爱情

2023.4.9

深海

门诊楼三楼最里侧
不大的候诊间
挤满了人
神经外科，泌尿外科，血管外科
胸外科，心外科，骨科，骨创伤科
骨肿瘤科，骨关节科，脊柱外科的病人
全都挤在这里
有一些坐着
大部分站着
焦急地等待
年轻人搀扶着痛苦的老人
大人抱着哭泣的孩子
分诊的护士被病人围得水泄不通
叫号广播不停呼叫
就在这时
有人大喊
让一让，让一让
一个满身大汗的中年人
正在试图分开人群
如分开潮水
后面跟着一辆担架车
蓝色的床单
遮着一个

十三四岁的少女

白皙透明的脸庞

干净得

像一片贝壳

两只黑亮的眼睛

盯着手中的手机屏幕

目不斜视

神情淡漠

仿佛周边的世界并不存在

仿佛她穿行在

海水被劈开后的真空

唯有她剃光了头发后

青色的头皮

和担架车前进的方向

令我心中一紧

她去往的是

骨肿瘤科

2023.5.25

死神和妈妈

一架无人机
追逐着他

战友们的尸体
躺在战壕里

他是仅存的一个
无人机在他上方

像死神一样
冷漠地盯着他

他哭喊，奔逃
跨过尸体

无人机不紧不慢
跟着他，扔下炸弹

炸弹在他身后炸响
他摔倒，又爬起来

想继续跑
又停下来

他抬头看向无人机
无人机是冷漠的死神

他蹲下，高举双手
示意他要投降

无人机在他的上方
一动不动，像死神

他摘下头盔
走出战壕

炸弹没有扔下
他茫然无措

无人机亮了两下
仿佛在和他说话

他平静下来
开始打手势

请求无人机
将他带离战场

无人机慢慢地飞行

在他前方

他紧紧地跟着
像孩子攥着妈妈的手

穿过死亡的缝隙
向活下去的亮光走去

无人机在他的头顶
像上帝和妈妈

2023.7.4

一九九六年

三十多岁的古典文学老师
带领一群
中文系大二的学生
去密云植树

老师可能是
古诗词读得有点多
有一种
多愁善感的忧郁

他是男的
不喜欢和男生一起玩儿
晚上在营地
总待在女生宿舍

和女生们探讨人生
突然全身抽搐颤抖
如得癔症
口中不停重复
"我爱谁?
谁爱我?"

女生们既惊慌又心疼

有的给他倒水喝
有的给他做按摩
有的紧握他的手
有的在他耳边温言劝慰

隔壁男生们
气得牙痒痒
谁能想到
还可以这样

2023.7.5

在波尔多的一个酒庄

主人在向我们介绍
他家酿的梅洛红酒
他是个基督徒
他说葡萄酒是上帝的血
这时我听到窗外
漫山遍野的葡萄树
举起干枯的手，齐声喝道：
不，是我们的血

2018.12.18

来真的

沈浩波

当我们五个诗人决定出一本诗歌合集,首要原因当然是友谊,但这一定不是最根本的原因,如果没有一个根本的原因,我们诗歌的友谊就会变得脆弱。根本的原因无非在于诗歌的观念、写作的立场、美学的态度……但非要总结出五个完全不同的诗人最根本的"相同",这大概是一件吃力不讨好,看上去也没有必要的事。虽然"诗可以群",但再怎么"群",再怎么强调"友谊",最终还是得各写各的,各自写成独属于自己的终极体验,因此最终形成的不是"相同",而是"不相同"。

在给这本诗合集起书名的时候,我突然蹦出了一个词"来真的"。我在我们五个人的微信群里说,这本书就叫《来真的》吧?轩辕轼轲立刻响应,说,"好名字",盛兴也跳了出来,说,"大好"。后来正式确认书名时,我们的编辑后乞坚持用《在人间,来真的》,也好,我们在人间,所以必须来真的。不在别处,不在彼岸,不在天堂,不在远方,就在人间,真的人间,真的诗歌。

在确定书名的瞬间,这本书立刻就成了一本有态度、有立场的书,而这态度和立场,正是同时属于我们五个诗人的那个"相同"。不必苦苦思考,不必分析总结,一次灵感突发的脱口而出,不经意间就道出了根本。"来真的"正是我们在诗歌观念、写作立场和美学态度上最大的"相同",也就是我们为什么要一起出一本诗合集的根本原因。这根本性的相同原本就在那里,很清楚地在那里,只需要一次脱口而出。

"来真的"至少包含了两点含义,一是追求真实,尽力抵达真实;

二是敢于面对真实,敢于写出真实。第一点含义是一种美学原则,第二点含义则是一种心灵态度。因此,"来真的",既是一种心灵态度,又是一种美学原则。

对真实的追求,首先意味着对粉饰、矫情、刻意、造作的反对。我们需要更真实的语言,每一次刻意的渲染,都构成一种失真的语言;我们需要真实的情感,每一次浪漫主义式的抒发,都构成了夸大的矫情,而越是深刻的情感,越需要在真实和客观中呈现;我们需要直接面对真实的事物,而不是非要通过象征和隐喻作为桥梁,每多一层象征和隐喻,我们离真实的事物就会更远。

诗人在写作中对真实的追求,其本身就能构成诗意。当我们不断向真实逼近,不断剥掉那些覆盖在我们心灵上的遮蔽物,不断去除那些遮挡真实的外衣,不断露出心灵和事物的本相,这个祛魅的过程,就是诗的过程。诗正是一种剥离虚假之后的呈现。只有诚实的心灵,才能看到真实的事物,只有置身于真实中,才能让我们的心灵更加诚实,诗是我们的心灵与事物的互相作用。唯有如此,心灵才会在事物之中,事物也才会在心灵之中。

无论说多少道理,都不如"来真的"这个词概括得清楚有力。作为一个诗人,当我们面对自己的内心和外在世界时,我们敢不敢面对真实,敢不敢写出真实?有没有能力写出真实?首先是敢不敢,然后才是能不能。所以"敢写"才构成了对一个诗人的赞美,当然也就构成了一个诗人可能会付出的社会代价。我们不可能随时都敢,一直都敢,但至少,我们愿意成为一个"敢写"的诗人,尽量去追求成为这样的诗人。而我们面对自己写出的诗歌,更要扪心自问,我们的语言,我们诗句,到底是在逼近真实,还在远离真实?总而言之,我们到底有没有"来真的"?

很高兴与盛兴、轩辕轼轲、西娃、里所一起形成这本诗集,一起

"来真的"。他们四位都是我的挚友和喜爱的诗人。

西娃和里所分别是70后一代和80后一代中的重要诗人，她们的诗歌永远都能给我带来一种心灵的力量感，这种力量感来源于她们的诗歌都带有身体碰撞力的情感，这种情感来源于真实，来源于诗人对于真实的身体反应，因此她们的诗歌，是一种可被触摸的诗歌，更容易激发读者的感知。

盛兴和轩辕轼轲是我在"下半身诗歌"时的战友，对于经历过"下半身诗歌"的我们三个来说，"来真的"在我们的青春时代就是言中应有之意。"下半身"包含的两层核心含义："向下"和"身体性"，都是以"真实"为基础，都要求我们必须"来真的"。

我曾经称轩辕轼轲为"酒神附体后仍然凝望人间的诗人"，他有弹跳力极强的诗歌语言，这是一种既富有想象力又富有直接性和身体感的语言，是一种"来真的"的语言，而如果没有更进一步的"来真的"，他的诗歌也无法形成"执杯凝望人间"的美学效果。

盛兴近几年的写作倍受诗坛瞩目，他在诗歌中将对"真实"的逼近推到了某种极致，并因此形成了一种盛兴式的"真实的诗意"，在盛兴所形成的"真实"中，无论是荒诞、无常、残酷还是温暖、热情、激烈，都形成了某种读者所感受到的强烈感，这种强烈感恰恰不是来自"夸张"，而是来自当真实呈现时的"张力"——原来是这样！

左：沈浩波　右：轩辕轼轲
2000年摄于北京

从左到右依次为：轩辕轼轲、沈浩波、南人、盛兴
2019年摄于北京

2023年摄于北京，摄影：陈诗嫄（Boey Chen）

2023年摄于北京，摄影：陈诗嫒（Boey Chen）

沈浩波答方闲海六问：人生即创作，创作即人生

方闲海：若站在2022年重新回顾当年著名的"盘峰论争"，随着时间推移以及空间视角的变化，你是否感悟到了某些新的意味，无论从事件意义还是具体的人物关系？

沈浩波：立足新世纪这二十一年中国当代诗歌的创作和美学发展已经获得的成果，再来回顾发生在上个世纪末的"盘峰论争"，就更应该能看出那场争论的重要性和启发性。

盘峰论争的现场，虽然众声喧哗，话题庞杂，多有语义杂乱、含混不清之处，但其最核心的意义始终在那里，随着时间的推移，越发清晰可辨。这个意义便是对诗歌创作的自由精神和民间立场的提倡和捍卫。而中国当代诗歌的自由性和民间性，正是新世纪这二十一年（互联网时代）最核心的精神和美学根基。

正是这种对自由性和民间性的强调和放大，令中国当代诗歌没有最终沦为象牙塔里精巧的、把玩语言的器皿，也没有沦陷于像美国现代诗歌一度所形成的那种由"艾略特—新批评派"所构建的封闭的、保守的、腐朽的、僵化的、权力化的学院派美学秩序。

二战以后，一直到上世纪五六十年代，美国诗歌的主要潮流就是对学院派美学和权力话语的反抗，在这个过程中，诞生了诸如黑山派、垮掉派、自白派、纽约派、深度意象派等影响深远的诗歌流派，金斯堡、罗伯特·布莱、加里·斯奈德、西尔维娅·普拉斯、布考斯基、罗伯特·洛威尔、布劳提根、查尔斯·奥尔森、奥哈拉、

安妮·塞克斯顿、阿什伯利、詹姆斯·赖特等一大批天才、大师和巨匠均崛起或成熟于这一时期。他们通过对艾略特和新批评派所代表的学院派美学秩序的反对，对威廉·卡洛斯·威廉斯所奠基的富有创造力和现代思维的美学精神的重新标举，对诗歌先锋性、创新性和自由性的不断倡导，而创造了一个极其繁盛的诗歌时代。

从某种程度上来说，"盘峰论争"之后，互联网时代开启的新世纪诗歌二十一年，与二战之后美国上世纪五六十年代的先锋诗歌运动多少可以相互映照——唯有捍卫诗歌的自由性和民间性，才能最大限度激发诗人的生命活力。

至于你所提问的，"盘峰论争"之后，各个当事者人物关系的变化，我认为并不重要。"盘峰论争"，争得面红耳赤，但并不能争出什么具体的结论，它埋下的是种子，拓宽的是可能，通往的是未来。而回到每个诗人自身，终究是要解决其自身的问题，他是变得更先锋了，还是回归传统了？他更执迷于美学的革命了，还是成了革命的叛徒了？都只是他个人的事情。

方闲海：如果你的著名诗论《下半身写作及反对上半身》发表在今年，预估会起到什么效果？作为一个年少成名而又始终没离开过汉语诗歌现场的先锋诗人，你能否评估一下当今年轻一代的诗歌写作？或对刚步入写作的年轻诗人有何建议？

沈浩波：二十一年过去了，历史语境已经完全不同，所以这压根儿就无法预估。我自己的心境也早已不同于二十一年前，那时青春勃发，渴望呼朋引伴，建功立业，所以会写檄文，写宣言，妄图代表一个时代。但现在显然会更执着于自我，执着于自身的创作。我虽然仍然不断地强调"向下的写作"和"诗歌的身体性"（依然是"下半身写作"的那一套核心观念），但已完全是美学意义上的个人创作探索，不会再想去鼓动一场起义，集合某个人群。出发点不一样了。

对于年轻一代的诗人,我读得非常多。因为创办了"磨铁读诗会",有大量的编选任务,我可能是读年轻一代诗人的诗歌作品最多的人之一。我读到了不少非常有天赋的诗人,对于这样的诗人,静候其成长就好。我同时也感觉到,年轻诗人在成长过程中,普遍会受制于如下几个问题:

在影响的焦虑下,缺乏美学创新的欲望和野心。

生活。当代人进入高度虚拟的互联网社会后,人类的生活不是越来越真实和宽阔,而是越来越轻浮和狭窄。诗人需要扎进更真实的生活,同时又要在生活中始终敏感地睁着诗人之眼。

内在的精神锻造。诗歌的本质仍然是精神性的,诗人永远需要有强烈的精神气质。精神气质的养成需要在生活、阅读和思考中不断碰撞与锻造而成。就这一点来说,功夫在诗外。

战胜孤独的能力。进入现代社会后,诗人再也不是浪漫主义和象征主义时代的那种王子式、贵族式和先知式的形象了,再去扮演那种形象,就是土鳖。诗人要重新成为人,成为真正的人,也就是普通人。这将导致在大多数时候,若无命运的格外垂青,诗人将在孤独中创作,又在孤独中被湮没。那么,你能否战胜这种孤独感?如何让孤独成为创作的勇气、养分和伙伴,而不是被孤独摧毁?

方闲海:主动式的"时代诗人"或者被动式的"诗人在时代中",这二者,你更倾向于哪一种?你目前对自己的诗歌写作有什么追求?

沈浩波:这可真是个好问题,大问题。

主动式的"时代诗人",这个命名里包含着一种强烈的时代目的性,即为时代而创作。这不是我的追求,我不想为时代而创作,也不想成为从属于某一个时代的诗人。我为诗本身而创作,我为我自己而创作,虽然"我"身处时代,但我不想让"我"小于或从属于时代,这正是创作的意义。

被动式的"诗人在时代中",这是一个借口,一种懒惰,并不是说你只要在这个时代,就天然获得了时代性,不是这样的。如果不能真正地面对和进入你的时代,所谓"我写故我在"也不能成立,你就算写了,也不在。

所以我更愿意认为,我所践行的是一种"在时代的现场创作",或者就是"在现场的创作"。现场天然是时代的现场,时代由现场组成。最小的现场也包含着丰富的时代性。什么是现场?就是身体与外在世界发生具体碰撞的现场,身体与事物发生关系的现场。我们的人生,就是由无数现场组成,每一个现场里,都包含着时代。敏锐的诗人,更能洞察现场中的时代性,迟钝的诗人,身在现场而不知时代,伪诗人,在现场之外创作却大言不惭地奢谈时代。

而我目前对于诗歌的追求,更多的是在试图揭示和实现"自我"与事物之间丰富的关系,以及在不同的关系、不同的碰撞与联接方式下,呈现不同的诗性效果——所有这些,其实都纯然是在美学范围中。

方闲海:你在当下如何认识诗歌介入社会现实这一古老的创作问题?特别是在目前世界处于较为动荡不安的时代背景下。

沈浩波:每个诗人都在以他自己的方式决定对社会现实的介入程度。无论是介入还是躲开,都是个人抉择,无可厚非。而我自己更喜欢直接介入——这既是由我的天性所形成的自发决定,也是我的美学观念所形成的自觉决定。天性没什么可说的,我就是想介入,既然我是诗人,那我就以诗的方式介入——用着也顺手。

从美学观念的角度来说,一方面我完全尊重那种躲进小楼成一统,潜心进行纯诗创作的诗人,他们希望获得某种纯粹的、趋近于永恒的诗性。在这方面,我与他们有共同的诗性追求。但另一方面,我认为直接介入现实,可以为纯粹的诗性注入不同的质地,注入更具体的个人精神性。社会现实也是外在于"自我"的事物之一种，"自我"介入社会现实所形成的碰撞，其中包含着非常独特的诗性。布莱希特在这个方面做得非常好。马雅可夫斯基虽然获得了某些不一样的诗性，但受到的损害也更多，尤其是他那些被当成了武器和工具的诗，这样的诗不是在介入社会现实，而是在现实面前下跪。

  诗人介入社会现实，需要有非常强大的天赋与能力，既要能洞察现实，还要能洞察诗性，还需要有能力将这两者在文本中融为自然的整体。所以这是一个非常深刻的话题，你必须首先保证自己独立的诗人身份。并且这样的诗，你必须有能力让它具备真正的、甚至是更加强大的诗性。

方闲海：你自己最喜欢的代表诗作是哪一首？能否介绍一下？

沈浩波：不同阶段，我会偏爱自己不同的诗。我偏爱过《文楼村纪事》，偏爱过《蝴蝶》，偏爱过《玛丽的爱情》，偏爱过《花莲之夜》。每一次的偏爱，背后都对应着某一阶段自己在写作上的追求。现在来回答这个问题的话，我偏爱写作于今年年初的《在山中》，我很满意这首诗所展现出来的叙述能力和叙述效果。

  从叙述能力的角度来说，近年来，我在试图进行一种"深度叙述"，我认为《在山中》体现出了这种追求，形成了深度叙述和叙述的深度。

  从叙述效果来说，这首诗形成了某种非常开放的想象空间。诗本身非常扎实，没有一句是空泛的，都能落到最具体和稳定的实处，但整首诗却构成了非常开放的结果，足以令读者获得巨大而神秘的想象空间。我认为一首诗的真正形成，必须经由诗人的创作和读者的阅读两个阶段，只有经过读者参与，一首诗才真正形成。《在山中》为读者提供了丰富的参与空间，读者阅读时的不同视角、不同想象、不同解读，共同塑造了这首诗。

方闲海：你主要读什么书？写作习惯是什么？

沈浩波：因为工作特别忙碌，读书的时间有限，我必须把有限的读书时间利用充分。所以我的阅读就显得非常有目的和有主题。这几年，我有几个主要的阅读主题。一是十九世纪末和整个二十世纪的现当代艺术史，我对人类进入到这一阶段的艺术成果和艺术家们背后的观念与思考非常感兴趣。二是二十世纪的美国当代诗歌史，二十世纪的美国当代诗歌太丰富了，这是人类美学的一座富矿。另外，我一直很喜欢看各种摄影集，我喜欢很多摄影家，尤其是日本摄影家。

最近我的阅读，可能又多了一个新的主题，那就是中国古代知识分子的命运与挣扎。我是从嵇康开始对这个主题感兴趣的。我非常喜欢嵇康这个人，他的命运是被注定的——逃无可逃！

读书其实是在读人，我偏爱那些挣扎的、纠结的，始终在叩问和寻求的人，我偏爱塞尚、威廉·卡洛斯·威廉斯、嵇康……我偏爱另一些特别具备生命强度和情感力量的人，我偏爱罗丹、珂勒惠支、玛丽娜·阿布拉莫维奇、弗里达、荒木经惟、森山大道、中平卓马……我偏爱那些人生即创作、创作即人生的人……很多人，他们给予我力量。

至于写作习惯，也是因为太忙，我通常是这么干的，有了灵感就飞快地在手机上写出来，尽量把脑子里的各种杂乱声音都写进去，这样才不会忘，不会丢，然后再抽时间去粗取精或者重新构思语言和结构。另外，我还把微信朋友圈和微博当作一个测试场所，把初稿直接发出来，观察大家的反应、意见和建议，隔一段时间再去重新思考这些诗，然后再定稿。

图书在版编目（CIP）数据

在人间，来真的：五人诗选. 第一辑 / 沈浩波等著
. -- 南京：江苏凤凰文艺出版社，2023.11
ISBN 978-7-5594-7916-7

Ⅰ.①在… Ⅱ.①沈… Ⅲ.①诗集－中国－当代
Ⅳ.①I227

中国国家版本馆CIP数据核字(2023)第151822号

在人间，来真的：五人诗选. 第一辑
沈浩波 等著

责任编辑	周颖若
封面设计	魏 魏
特邀编辑	后 乞 里 所
封面摄影	陈诗嫒（Boey Chen）
内文画作	方闲海
出版发行	江苏凤凰文艺出版社
	南京市中央路165号，邮编：210009
网　址	http://www.jswenyi.com
印　刷	河北鹏润印刷有限公司
开　本	880毫米×1230毫米　1/32
印　张	11.75
字　数	313千字
版　次	2023年11月第1版
印　次	2023年11月第1次印刷
书　号	ISBN 978-7-5594-7916-7
定　价	52.00元

江苏凤凰文艺版图书凡印刷、装订错误可随时向承印厂调换

汉语先锋

《汉语先锋·2019 诗年选》
《向平庸宣战:汉语先锋·第二辑》
《诗不在远方:汉语先锋·第三辑》

五人诗选

《在人间,来真的:五人诗选·第一辑》

■ 磨 铁 读 诗 会